Gaea

GAEA

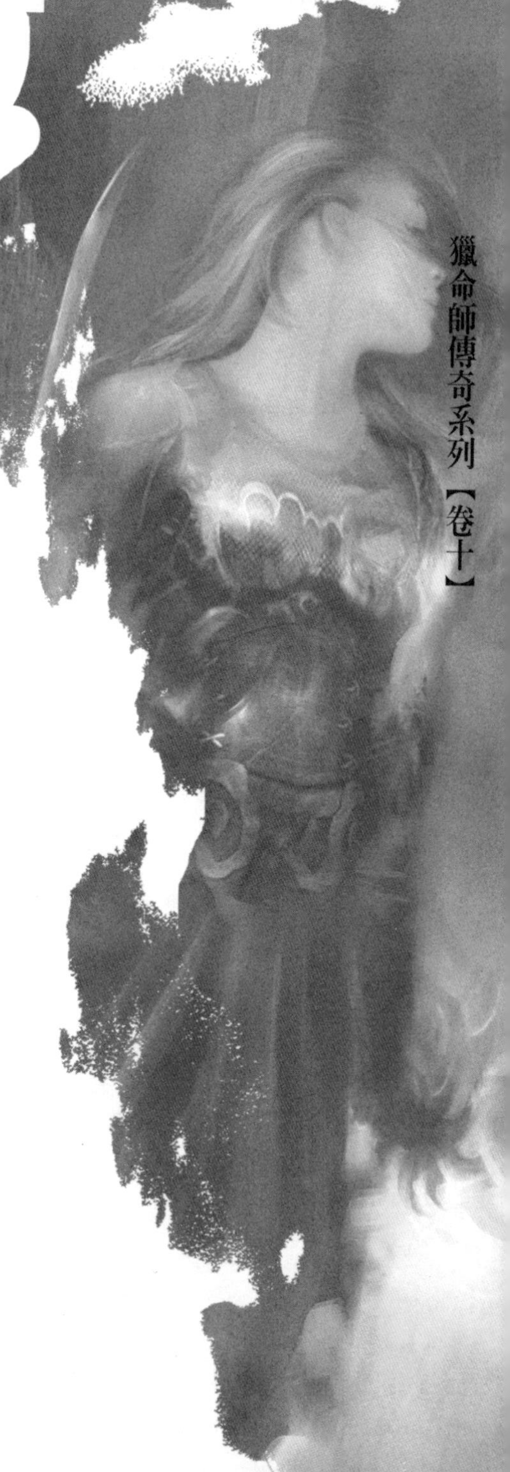

獵命師傳奇系列【卷十】

九把刀Giddens著

「不可詩意的刀老大」之

我失去了的那些零

簽書會時，除了「都市恐怖病系列什麼時候寫完」外，讀者常問我的問題莫過於：「喂！《獵命師》到底幾集會完結啊！」

一邊挖著鼻孔一邊偷瞄簽書會上排隊的正妹讀者，每次我的回答都不一樣，有時是：「十本吧？」有時是：「十五本！」不過更實際的答案是：「我怎麼知道！」

不過這個問題並非完全無解，至少我們現在知道《獵命師》至少得寫十一集了！

按照實際上並不存在的英國小說家阿茲克卡說過的理論：「要處理連載型的長篇作品，找一個吉利的完結集數的重要性，並不亞於頁數的厚度跟故事內容的飽和度。」再翻閱國際連載小說家協會的歷史文本，我心中有了個大概。

《獵命師》最好是偶數集結尾，但也不必然。依現在的狀況，十一集這數字很醜，十二集不錯（但不可能！），十三集有獨特的意義也不錯（別做夢了！），十四集的感覺要上不上的、不如十五集完整與充實（這個就開始有可能囉！），十六集不錯——由兩個很吉祥的八組成，十七集好醜我拒絕，十八集很好——由兩個大數「九」構成、也有十八羅漢、降龍十八掌跟十八胞胎的意義（什麼意義！），十九集？神經病才用十九集結尾——如果這是事實，我也會硬多寫出三百頁衝到第二十集大完結（我看最多也是這個集數了吧）！

其實大家老這麼掐著我問《獵命師》到底要出到幾集，我有點懊惱。

《獵命師》的大致劇情我都想好了，對結局也有很堅定的想法；偶然發生的驚喜我加以檢驗、然後取其精華擁抱它；突然產生的矛盾我面對、在龐雜的劇情結構中修剪它。《獵命師》是一個巨大而華麗的時空分鏡系統，一本書可以大致分為「角色前傳」跟「故事主軸」兩大部分，有時是一：五的配置，有時是一：四，有時是一：三，這也是《獵命師》無法以超快的速度點燃主軸的原因。

角色前傳很棒，每次我都非常樂在其中去經營它，因為我不想只讓主角的身上有光，而所謂的配角，其實也只是因為故事的取角不同、而讓某些角色無法站在主軸的位置去運作故事，但這些配角還是非常賣力地在發夢、生活、戰鬥啊！所以我無法、也不願意抗拒想寫出角色前傳的慾望，尤其這些前傳都非常具有佈局的意義，不是空包彈。而經營前傳讓我得以對主軸故事再三思考，也讓大家在面對角色時能感受到那些角色的血肉，而非一台台陪主角練功的機器，或，劇情套件。

畢竟《獵命師》可不是烏霆殲或烏拉拉大傳啊！

或者，我們去租書店走一遭吧。幾乎每一套經典的漫畫都是幾十集好長一排，《聖鬥士星矢》跟《北斗神拳》跟《JOJO的奇妙冒險》那種塞壞書櫃的超級長篇就不提了，近一點的《灌籃高手》畫了三十一集才結束，《第一神拳》七十六集（還在打！），《海賊王》出到四十三集（魯夫還沒成爲海賊王咧！），《刃牙》也畫了兩部曲，每部曲都長到比校長還長……最近還出了第三部曲跟花山薰外傳！等等！我知道你快被我說服了，就讓我來個致命一擊——就算是常常在打PS2的富樫義博，拖著搖搖欲墜的身體跟長繭的拇指也畫了二十三集啊！

草草結束誰不會，我有毅力要在實戰中磨出一個好故事，一定要給我信心！

不過話說回來，將心比心，我也知道大家的困境。大家之所以對《獵命師》到底會出幾集非常關切，顯然口袋裡的錢已經快無法負荷收集《獵命師》的誘惑力。

上次我接到一個讀者的媽媽邊哭邊打電話給我，要我把她兒子還給她。我很嚇，什麼兒子啊！如果跟我討女兒還有點道理！

「這位歐巴桑請冷靜！你兒子怎麼了？」

「我可憐的兒子爲了存錢收集《獵命師》，已經去北極打工鑽油井了！」

「好酷！」我實在太嚇了，立刻掛掉電話，並把插頭拔起來。

到北極鑽油井打工！你當我《獵命師》要寫一千集啊！

除了錢不夠（什麼時候夠了），還有很多種原因令某部分的讀者迫切希望我快快結束故事，現在簡述幾則，好讓大家知道我如何對抗干擾我好好把故事寫完的邪魔外道。

案例一。

「刀大，能否斗膽商請一事。我們家剛剛通過家族會議，可不可以懇請你在下一集就把《獵命師》給結束掉？」一個讀者不知哪弄來我的電話號碼。

「哪可能！」我坐在馬桶上。

「這實在是救命的事啊，我那愛看《獵命師》的一百零七歲老阿公已經離家出走好幾天啦！他說他非得獵到萬壽無疆不可，否則在他有生之年一定無法看到《獵命師》的結局啊！」他越說越激動。

「阿公一百零七歲啦？那麼再請他堅強活個一年半應該不過份吧，加油喔，要吃阿鈣跟海狗油喔！」我冷冷掛掉電話。

案例二。

當然也有財大氣粗的企業家老闆，爲了怕兒子不唸書都在看《獵命師》考不上大學（放屁！哪有這種事！考大學交給「百試百中」、「吉星」、「大幸運星」、「自以爲勢」、「信宇」等一百種好命格處理一下就可以了吧），竟然特地派保鏢把我從彰化「請」上台北，跟我在一○一大樓樓頂喝了下午茶。

「我的兒子，已經養了一百八十五隻貓了，這樣下去不行。」大老闆面色凝重，又說：「上個月宅急便送來了兩把長短武士刀，是我兒子在網拍上買的眞貨，他說要練成二刀流，這也就算了——他上個月竟然開始練吐火，把家教老師燒掉了！根本沒有好好唸書！」

「要我跟他談談嗎？」我有點不好意思。

「不必了。」大老闆冷眼看著我，從懷裡掏出一張空白支票，說：「數字自己填，把《獵命師》在下一集結束就對了！」

我大喜若狂，立刻拿筆在支票上塡下好幾個零，直到快要超出支票才停止。算一算，差不多有個十兆還是一百兆吧。

大老闆惱羞成怒，將支票搶過去撕掉，自己很快重新寫了一張。

「一億，請你在下一集就把《獵命師》給結束！」大老闆將支票重重摔在桌上。

「神經病！劇情還有超級精彩的一大堆沒寫咧！」我超氣的。

從一百兆縮水成一億，你當我傻的啊！

「寫故事這麼麻煩，還不就是爲了錢？我幫你省點事，收下支票吧。至於故事，我已經找好了當今最好的編劇團隊，寫了一份快速自宮型的最後一集《獵命師》大綱給你參考……事實上，你只需要按照裡面寫的照抄一遍就可以了。」大老闆地將一張A4紙丟在我臉上。

區區一張A4？當今最好的編劇團隊？

雖然受辱，我還是本著好奇心將那張A4紙快速看了一遍。

「……烏霆殲跟陳木生發生超友誼的關係，從此合體成爲史上最強的火焰兵器人。

另一方面烏拉拉跟宮本武藏亦同時發生不尋常的肉體關係，兩人分別吃下橡膠果實跟斬斬果實，並在聶老的教導下學會了原力與念能力。此後烏拉拉跟宮本武藏在一場與阿不思的混戰中，三人同時被聶老的雷電擊中，導致產生時空破洞一起回到兩千年前的秦朝……三人醒來後遇到了見義勇爲的項少龍，四人便決定聯手幹掉還不成氣候的徐福……」

我念著念著，腦袋越來越歪。

雖然很火大，但我還是不爭氣地笑了。

「如何？」大老闆自信滿滿。

「很好。」我將那張A4結局揉成一團，沾了沾咖啡吞了進去，轉身就走。

後來過了一個月，蓋亞出版社的老闆跟我說，那大老闆找他出去懇談，並開了一張兩億的支票要買下整間出版社，只爲了要把《獵命師》提前結束掉。

「靠，那你怎麼說！」我大驚。

「我當然是很有義氣的拒絕他啊！」蓋亞老闆一拳捶向牆壁。

正當我感動快落淚的時候，蓋亞老闆用極爲憤怒的語氣補充了一句：「哪有人將我塡好的支票給撕掉的！你知道嗎？兩張支票的價錢差了十億倍！十億倍！」

我想，蓋亞老闆用的筆一定很細，才有辦法在支票上畫那麼多個零。

就這樣，我們爲了好好打造《獵命師》的世界犧牲了好幾個零，一切都是想讓故事好，讓故事從容不迫的完整——擁有強壯的靈魂。

現在就請大家保持耐心，翻到下一頁，陷進《獵命師》豪爽的戰鬥吧！

獵命師傳奇系列【卷十】

目錄

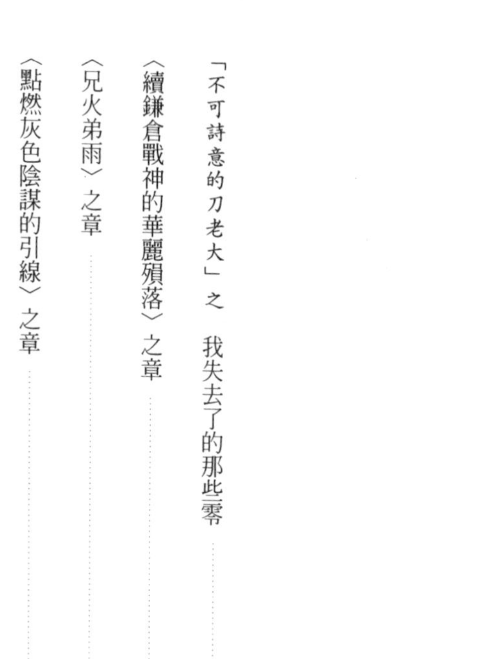

〈續鎌倉戰神的華麗殞落〉之章

第266話

「鎌倉戰神源義經」這塊招牌，再一次提供了勝利的保證。

少了平家軍在屋島的制衡，範賴的大軍終於順利加入戰局。

四國附近的諸侯看清情勢，認爲人多勢眾的平家會被源家突擊嚇跑，想必是氣數已盡，紛紛提供珍貴的船隻給源氏，算是選了邊站。

來得遲，但卻提供了義經急切需要的水軍。

「對方有多少艘船？」

「大船三百艘，小船兩百艘。」

「我們的船呢？」

「大船一百艘，小船正在趕製，不日可達七百艘。」

「很好。」

義經點點頭。

義經擅長靈活的戰術，趕造大船不切實際，能向四國諸侯徵募的大船又都徵募了。小船操縱上靈活許多，趕造容易，不如朝這方面努力。

至於能不能用小船模擬出騎兵神速的特色，就不是義經可以掌握的了。

「把所有人都趕到船上去！練習互砍！」義經傳令下去：「讓他們習慣一邊嘔吐一邊射箭！」

對擅長在馬背上、陸地上作戰的源家軍來說，在船上戰鬥是一定要快速習慣的模式。每個人都很認眞練習，因爲他們知道，學不會在顚簸的船隻上作戰，就只有等死的份。

儘管大家都很熱烈地學習海戰，但義經還有別的想法。

平家的海箭據說非常神準，又都以厚實的大船居多，兩軍隔著水交戰，源家的小船雖然比較靈活，但在平家刻意保持距離的情況下，也很可能變成一隻又一隻的刺蝟……若是不能肉搏，關東武士驍勇善戰的特色還來不及展現，就會死在箭擊之下。

大海，會變成源氏的墳場。

「一定要找出跟平家短兵相接的方法，用互砍的方式結束戰爭。」

義經蹲在船頭，左手掬著海水，思考著。

弁慶把附近所有的船家都召來，義經謙虛地詢問關於海潮的一切知識：「關於海的一切，我什麼都不懂，還請各位教教我。」

義經的態度，讓船家熱切地貢獻自己經年累月的觀察。再三詢問與確認後，義經請船家帶著他，實際在壇浦大海上感受海潮的力量，以及變化中的規律。

三天後，義經對於潮水有了基本的認識，並開始用戰鬥的思維去想像潮水。

——以及風的走向。

「平家的算盤我大致清楚了。」義經站在船頭，手指沾著口水感受海風細微的來向，若有所思道：「平軍一定會選擇對他們有利的東流時間❶攻來，真是可怕的潮水，酉時❷以前平軍都占盡優勢，他們的船隻會窮凶惡極地撲向我們。」

頓了頓，義經摸著噗噗作響的狂風，說：「在那時，連風都是站在平家那邊的，他們的箭只要輕輕一射就可以削過我們的頭髮，我們的箭卻是逆風，半途落進海裡的一定比釘在船板上的多。」

不過，大自然是最公平的戰器，誰了解它多一點，就能多利用它一點。

潮水亦是公平的。

只要撐過東流，酉時一到，潮水就會丕變，大海將站在源家這邊。

風也一樣。

「酉時一過，天下就是我們的了。」義經歪著頭。

「但是，這中間整整有八個小時啊。」弁慶難以想像一場大會戰，竟會持續八個小時之久，說：「就算只是划船，大家的體力也支撐不了吧。」

「不能打也得打，打不動了就扯開喉嚨大叫我的名字助威。」義經說得很冷淡，好像人命都是殘花落葉似的：「弁慶，你下去訓練他們體力吧，每個人在死之前都得給我殺兩個人才准闔眼。就是要死，也要打直腰桿，用屍體幫旁邊的夥伴挨箭！」

「是。」

此時，範賴的軍船駛來，派遣使者要義經去參加軍事會議。

範賴很介意自己跟義經比起來，幾乎沒有寸功可向鎌倉報告，就連與自己同甘苦共患難……其實也就是跟自己一同挨餓的士兵，看待自己的眼神也有些飄忽不定。

每個人都在談論義經、穿鑿附會義經在屋島魔法般的大勝仗，並抱怨當義經與他的敢死隊在屋島建立不朽的戰功時，他們卻只能用餓肚子的姿態牽制平知盛的軍隊。

「我們出來打仗就是要建功領賞啊，可到現在我都還沒殺死一個人咧！」

「據說義經要了十艘最快的船，想要一舉衝進敵陣裡摘下平知盛的腦袋。」

「緊緊靠著義經的船，就能獲得最多的戰功吧！」

範賴的頭很痛，臉上盡是怏怏的表情。

身為大將，他很希望自己可以在最後的大海戰中扮演關鍵的角色，但義經除了督促造船之外，並沒有談論過實際上的戰術思維。

「義經，把你的戰術向我好好報告吧。」範賴擺出一副高高在上的態度。

他希望義經將戰術和盤托出，由他擔任發號司令的主角。

但義經對於範賴，並沒有如同對賴朝一樣的敬意。

對範賴擺出長官的高姿態，義經一點都沒有保留他的輕蔑之意。

義經跪坐在地上，那姿勢舒服得令他眞想睡覺。

「戰術就是海。」

「海？」

「海幫誰，誰就會贏。」

「這是什麼意思？」

「下午酉時以前，海幫平家，酉時以後，海幫源家。」

義經故意不說清楚，心想：跟你這笨蛋解析海潮，你也不可能懂的吧？

這樣愛理不理的態度，果然激怒了範賴。

「……你……你一定是想出了什麼戰術！然後想一個人獨居全功吧！這種心態眞是要不得，你知不知道這場戰爭對源氏的重要性！」範賴強忍著怒氣，但身子已經拔弓向前，壓迫著跪在地上的義經。

「你！」

「戰爭的事兄長不清楚，兄長就負責找出幼帝的座船就可以了。」

「大戰前夕，沒別的事我去睡覺了。」義經站起，逕自離開。

這真是太大膽了，多麼沒有教養的行為啊！

範賴的驚訝遠比憤怒還多，一時之間也不知道該怎麼制裁義經。

義經率性走出主帥船艙，一陣風吹寒了他俊秀的臉。

「……」義經感覺到，這讓人不安的風來自海的另一端。

隱隱約約，風裡沸騰著平家的戰意，一點也沒有鬥敗之犬的凶象。

「平家的陣營裡，也有了不起的人呢。」義經喃喃自語。

三日後，壇浦大海變成了紅色。

---

❶上午八點到下午五點左右。

❷下午五點到晚上七點。

第267話

箭如雨，風如刀。

海是血，翻滾洶湧的血。

海戰已持續了七個小時，源家的戰船沉了一半，另外一半也插滿了刻有「平」字的羽箭。如果不是武藏坊弁慶用野獸般的嗓門凝聚了源家僅剩的戰意，只怕另外一半也隨時準備要逃。

「無論如何都撐到酉時！酉時之後就是我們反攻的時候啦！」弁慶大吼。

潮水果然是站在平家一方的，儘管如此，平家還是付出了相當的代價，五百戰船被源軍擊垮了一百五十多艘。這是一場激戰。

「弟兄們，我們是名符其實的大軍！」平知盛親自站在船頭，大喝：「讓騎在馬上的義經，體會一下海水的鹹味吧！」

士氣大振，風漲滿了船帆。

能登守平教經帶領船隊四處追擊可疑的義經藏身之船，但義經像鬼魅一樣躲在某船艙裡，壓抑著內心的破壞慾望。躲躲藏藏並非義經的專長，但如果站在船頭胡亂衝鋒，只會招來萬箭穿心的結果。

「在酉時之前，我要忍耐。」

義經輕輕握著拳頭，等待拳頭發燙……燙到冒火的一刻。

能登守平教經不愧是平家第一武士，毫不畏懼肉搏，因爲他的刀連岩石都可以砍斷，他的眼睛無時不刻都在搜尋「傳說中喜愛穿著華麗盔甲的義經」。

但從開戰到現在，他的刀塗滿了源家武士的鮮血，就是少了義經的那份。

「義經！出來！」能登守平教經氣急敗壞地尋找，跳上一艘船，又一艘船。

沒殺了義經，這場戰爭就不會結束。

眼見酉時將至，關鍵的義經仍不見蹤影，讓帥船上的平知盛心急如焚。

印象中，義經是靠著有勇無謀的狠勁在打仗，好像自己死掉也無所謂似的戰法，也就因爲如此，愛惜羽毛的平家才會接連敗仗，敗到只剩這片大海。

而現在，那個瘋子般的義經到哪裡去了？那個老愛打前鋒的義經居然躲起來！

萬萬想不到如此，能登守平教經手中的長刀，都砍到刃口都捲了起來，還是不見義經蹤影。雙手已斬到神經痲痹的能登守平教經，不自覺已長驅直入，來到源陣的中心。

平家，果然不愧是擅長水戰的一族。

透過窄小的艙口觀戰，義經發現了關鍵所在——平家雇用的船伕非常厲害，將大船操作得比源家的小船還要靈活。

「傳令下去，酉時一到，所有箭手開始射殺平家的船伕。」義經躺下。

此話一出，周遭部屬無不大驚。

「射殺跟戰爭無關的船伕，實在不是武人所爲！」屬下下跪，勸戒道：「不殺馬伕、船伕是戰場的慣例，也是武人的義理，還請將軍三思！」

「少幼稚了。」義經嗤之以鼻。

「將軍！」幾個屬下一齊跪下。

「既然身在戰場就要有所覺悟，不想死，就別幫軍人掌舵。」義經正色道：「從現在開始，戰場沒有美學，只有生死。」

義經散發出一股難以抗拒的氣勢，迫得屬下只好傳令。

不久，躺在船上的義經感覺到自己的身子隱隱移動了起來。

「潮來了。」

義經霍然而起，穿著一身華麗盔甲如箭衝出船艙，一踏船頭。

抬頭看著黃昏，血一般的滾滾天空。

「勝利是我們源家軍的！」

義經一出，原本處於一直捱打局面的源家軍登時士氣大振，重振旗鼓。

「是戰神！」

「是戰神啊！」

「殺！衝上去殺啊！」

依照約定，只要到了酉時，鎌倉戰神源義經就會將勝利帶給大家吧！

此時潮水忽地異向奔流，將源家散亂的陣式匯聚在一起，如猛虎般湧向平軍。而風也開始幫助源家的箭，讓源家的箭距陡然倍增一倍。

眼看最激烈的船隻碰撞、肉搏接觸戰就要開始，平軍卻在平知盛冷靜的指揮下開始往兩旁後撤，不讓源家有強行碰撞之機。

不料，源家的飛箭開始射向平家雇用的船伕，將錯愕的船伕一個個射落墜海。

「沒有道義！」平知盛瞪大眼睛。

失去了對海最了解的船伕，也就失去了對抗潮水的技術後盾。源家的戰船很快就撞上了平家的戰船，忍耐很久了的源家武士迫不及待一湧而上，將平軍殺了個措手不及。

海面上到處都是撞在一團的戰船。

少了在空中嗚咽的羽箭，多了鏗鏘交擊的刀光。

「將陸地戰搬到海上，源軍就能獲勝！想要立下大功的人就跟上來吧！」義經坐在最快的戰船上，率領一隊小船衝向平知盛的帥船。

這下風起雲湧，整個戰運已經逆轉了！

「別逃！跟我決一死戰！」

單船深入源軍的能登守平教經，遠遠看到一個身穿華麗盔甲的人站在船頭指揮，料定是義經，於是連座船都懶得操控了。平教經乾脆拋下隨從，一個人大跨步跳上源家的軍船，提刀疾跑。

瞳孔縮小，米粒般的映像裡只有義經一人。

果斷揮出長刀。

「殺！」

平教經一刀斬飛了「義經」的腦袋，但還來不及歡呼，卻發現遠處還有另一個穿著華麗戰甲的人正在指揮箭手攻擊平軍，氣度不凡，顯然那才是眞正的主兒。

混帳！上當了！我殺的是影武者[3]！

怒急攻心的平教經再度提刀奔上，他所跳經的每艘船都無人膽敢相攔，就這樣，平教經朝著驚恐不已的「義經」又殺下一刀。

華麗的盔甲裂成血紅的兩半，平教經在武士刀劈出空白的縫間，看見遠處居然又有三個穿著奢華盔甲的「義經」。

不！

是四個？

不！

是六個！

竟然有六個！

「竟然用這種手段騙我！你還有沒有一點武士的驕傲！這種戰神！就算是一百個我也殺得！」平教經氣得渾身發抖，暴跳如雷地又躍到下一艘船。

就這樣，平教經花了一番心神，連續殺了八個「義經」。

卻沒一個殺對。

因爲平教經看見遠處的平知盛帥船，已被好大一群小船從兩方圍住，而眞正的義經就站在小船的最前頭，穿著華麗的盔甲呼喝著：「殺啊！衝上船殺啊！」而號稱源氏第一猛將的武藏坊弁慶，就大剌剌站在義經的船側，揮舞長槍將無數射向義經的飛箭給撥開。

平教經悔恨不已，就連武藏坊弁慶也不留給自己嗎！

太陽沒入漂滿屍體的滄海，天漸漸黑了。

平教經環顧四方，盡是面面相覷、不知所措的源軍武士。這些鼠輩，沒一個膽敢正視自己，更別提拿刀砍殺了。

堂堂平家第一武將，竟落得無人對抗的無用武之地。

「源——義——經——」

就在平教經仰天長嘯的同時，天神似乎已將勝利交給了源氏。

日沉落，月高懸。

奇變陡生。

血紅色的海面上突然冒出好多巨大的泡泡，好像一鍋正在沸騰的血湯，每一個源家武士都看到了難以置信的恐怖景象——無數艘纏掛著深綠水草的鬼船忽然破海而出。

鬼船上，竟是穿戴著生鏽戰甲的海妖！

海妖！上萬個海妖！

「尖叫吧，在我的幻術面前，沒有別的聲音了。」白魔海站在平知盛的身旁，得意洋洋地看著大吃一驚的義經。

快要認命就死的平家軍，不明究裡地看著源家軍的武士恐懼大叫，有的源軍還嚇到墮海逃命，難道是中邪了嗎？無論如何，這可是大好機會，疲困不已的平家軍勉強提起精神，試圖重整船陣。

海市蜃樓裡的海妖衝向源軍，以無法抵抗的氣勢，將最前線的源軍瞬間殺垮。兩艘巨大的鬼船，更從左右兩側擠壓著義經的先鋒船隊，眼看就要來到義經面前。

「平家一定是賣了靈魂，把鬼界的兵請出來了！」饒是勇者如弁慶，看到這種異象也忍不住陷入絕望：「九郎殿下，請下令撤退吧！」

「撤退？」義經的眼睛噴出火來。

這是什麼答案？

「弁慶。」義經將刀入鞘。

「是！」

「即使到了現在，我還是不覺得自己會輸。」

「……是！殿下！」弁慶流下眼淚。

義經雙手發燙，每根血管都燒煮著。

這雙手，可以毀掉這個世界上所有的東西。

所有的國家，所有的神祉。

——何況區區的海妖。

「我是，眞正的破壞神！」義經走到船尾，眼睛瞪著平知盛的帥船。

他的意圖，再明顯不過。

但擋在義經面前的，可是連羽箭都無法跨越的距離啊！

「弁慶恭送殿下。」

弁慶凝立，雙掌交疊，眼淚花了巨人的臉。

義經衝刺，一腳踏上弁慶的雙掌。

弁慶舉世無雙的怪力猛然一送，義經高高飛上天際。

所有人都停止手邊的戰鬥，就連虛幻的海妖也轉頭，看著義經從兩艘巨大的鬼船中間飛躍而過。好像有股奇異的風托住義經的身體，讓義經像鳥一樣——

像鳥一樣飛到平知盛的戰船上空。

那是命運的翅膀吧！弁慶屏住呼吸。

落下！

義經的刀瞄準目瞪口呆的平知盛，卻在身體墜落的最後一刻，手腕不由自主歪了一下，朝平知盛身旁的白魔海斬落。

「！」

白魔海感覺到自己的身體中間，有一道舒服的冰冷，朝兩旁擴散開來。

鬼船消失了，海妖消失了，恐懼消失了。

但義經還在。

就站在兩塊白魔海的中間，拿著刀，冷冷指著平知盛。

源軍的歡呼聲此起彼落，繼續用一面倒的屠殺作爲海戰的最終章。

愉快的殺聲震隆。

「連鬼都殺不死你。」平知盛突然笑了出來，感覺好輕鬆。

既然如此，自己當然也無法相敵吧。

平家的氣數盡了，但把天下交給鬼，不如交給這個殺鬼的人。

「你笑錯了。」

義經的刀慢慢沒入平知盛的胸口，凌遲般攪破心臟。

「笑的人，應該是我才對。」義經微微揚起下巴，這是強者的視角。

平知盛帶著武士最後的尊嚴，慢慢後退，離開義經的刀。

適合武將的墓場，就是這片大海吧……平知盛趁膝蓋還沒軟跪，屈身一跳。

遠處。

沒有等到武藏坊弁慶與自己爭奪全日本第一武士的頭銜，能登守平教經含淚傻笑，遙遙看著最尊敬的平知盛將軍跳海身亡。

環顧四周，源家軍都以看著籠裡老虎的眼神打量自己。

你們在可憐我嗎？

就只是可憐我嗎？

連施捨我一刀都不敢嗎？

「是嗎？」

能登守平教經不經心地丟掉手中長刀，大步走向塊頭最大的兩名源家軍。

「我的命很硬，真怕墜海也死不了，你們兩個就充當我的沉石吧。抓緊了。」能登守平教經伸手輕輕一抓，像老鷹抓小雞般鎖住兩個大塊頭的胳臂。

說完，就這麼沉入海底了。

❸自古以來中外戰爭，皆常聞有貌似主帥的人物穿戴將軍服飾，吸引敵人的注意力，以保護真正的主帥。這些以生命吸引敵軍刺客的小卒仔，就叫影武者。

斬鐵

命格：修煉格

存活：兩百五十年

徵兆：等到你驚覺自己的身上可能有此命格棲息時，真抱歉，你大概已經不小心殺了人惹。只要手中有像樣的兵器，你就能用它在飆車族裡殺開一條血路，創下新的公路殺神傳説。最後，連鐵都能輕易斬斷的你，不可避免走上劍豪之路。

特質：宿主的意志透過命格的爆發、將忠實地傳達給手中的兵器，讓兵器擁有「內力」、「氣」之外的精神強度。許多歷代有名的武術家，都曾被此命格棲息過，或是透過執念的累積修煉成此命格。

進化：居爾一拳

第268話

壇浦會戰，源家大勝。

——不，是義經大勝。

這種話有一萬個人說，一天說十次，就有十萬句恭維鑽進義經的身體裡。

義經，理所當然也這麼認爲。

「這次的大勝仗，想必會讓我跟哥哥的關係重修舊好吧？因爲我可是源家，不，全天下的戰神啊！」義經得意洋洋地騎在馬上，意氣風發。

「沒錯，賴朝主公一定會非常高興的！」弁慶同意，他深感驕傲。

他覺得，義經頭盔上彎曲的鍬形巨角應該再長些，才符合義經睥睨的姿態。

跟所有的古文明大國迥異，日本是個尊崇黑暗的國家，稱黑暗爲「淨闇」。神若移動，須在淨闇中進行，要將神社中的神像移動到別處也一樣——將神像安置在御羽車上，沿途的街燈都得熄滅，然後輕聲走過。如果天子駕崩，要將遺體移動到他處也是比照辦理，因爲天子跟神是同義詞，應在淨闇中移動。

義經率領源家大軍、平氏貴族俘虜，浩浩蕩蕩在夜裡護送兩大神器❹回京都。

由於護送神器的低調禮節，這次的進京在深夜進行。沒有上次一之谷大捷後京都滿城倒履相迎的熱鬧場面，取而代之的，是肅穆的馬蹄聲。

弁慶看著義經，明明就是個普通的孩子，此刻卻散發出耀眼的光彩。

只有戰爭，只有在如此紛亂的朝代，才能迸發出這樣的奇蹟。

令人讚嘆的奇蹟。

能跟著這個孩子一起戰鬥，眞是太好了呢。

「弁慶！你在發什麼呆！」義經用力一拳。

「是！」弁慶回神。

「呸！把眼淚擦掉，我們可是凱旋之師呢！」義經笑罵。

「是！」弁慶擦去了淚水。

在法皇的稱許下，在範賴的大軍安妥後，獨獨義經全軍盔甲未卸，在宮殿外徹夜守護神器，此點意味著法皇對義經的高度信任。

到了此時，平氏終於消失在日本的歷史上。

過了幾百年、幾千年，人們還是會記得平氏是怎麼大敗在一個僅有二十六歲的男孩手上。而他的名字，就是戰術的代名詞，勝利的解釋。

但「鎌倉戰神源義經」這幾個字如旋風般吹進鎌倉本營時，卻變成了無形的針，刺進了賴朝居住的宅邸裡。

賴朝一動不動坐在蒲團上，全身發燙。

「妖怪。」

賴朝看著虛弱的燭火。

賴朝不能理解。

爲什麼大家在解釋源家戰勝平家的原因，不是說「這都是賴朝主公的武威」、「神是站在鎌倉主公的肩膀上」、「平家是抱著對賴朝主公的恐懼作戰的」呢？而是把所有的榮耀都歸在同父異母的弟弟義經上呢？

更古怪的是，另一個弟弟範賴也在戰場上，難道就沒分到半點功勞嗎？義經實在是太狠毒了，竟然任那種荒謬絕倫的謠言在軍中流傳，成何體統！表面上對自己恭恭敬敬，私底下他到底抱的是什麼意圖？

唯一相對的軍師廣元，不發一語。

義經的命運力量實在太強，竟然可以突破白氏的幻術結界，遠遠超越了「那個人」的想像。「那個人」一定是既恐懼又驚喜吧？

下一步棋該怎麼走，地底的指示在昨夜已傳到，自己只需要照本宣科即可。

未緊閉的窗漏進一縷風，殘弱的燭火忽地斜盛。

賴朝恐懼地看著自己忽然縮短的影子。

「禁止那隻妖怪進入鎌倉，一步都不准他踏入！」賴朝的身子縮了起來。

廣元心中有了計較。

「想辦法讓義經叛變，如果不能，就假造一個。」廣元說。

「怎麼做？」賴朝雙手壓在糨糨米上。

「你糊塗啦！義經造反？我們打得過他嗎？」這可是賴朝的眞心話。

「要打勝仗，還得手裡有兵才行。」廣元剖析封建武士的心態，說：「主公先用戰事平息的名義收回義經的兵符，讓義經身邊只剩百多人的親信。此爲第一步。」

賴朝傾耳聽著。

「再者，諸侯打仗是想瓜分平家的領地，擴充財力與實力，只是打一場沒有利益的勝仗是沒有意義的，就算諸侯肯，諸侯也很難說服底下的武士爲義經效死力。」

「……」賴朝陷入思緒中：「所以次要之務，就是大力封賞參戰的諸侯。」

「沒錯，義經若滿心認爲武士會單純爲了擁戴他而賭命作戰，那他就大錯特錯了。」

廣元冷笑：「主公安插在遠征軍裡的密探，再再都強調義經的日益狂妄。目中無人的勝利者，吃久了大家的恭維，就會得意忘形，認爲每個人都迫不及待爲他作戰。」

——天底下，哪來這樣的仁義軍隊？

賴朝露出一絲勉強的微笑。

「那麼，大行封賞後，該怎麼誘導義經叛變呢？」

「就如主公所言，明令禁止義經踏進鎌倉，讓他惶恐主公的心意，兼又氣憤難耐。」廣元不疾不徐說道：「最後的關鍵，便是派人刺殺義經，然後來個死不承認、不應不理，絕對逼迫義經造反！」

賴朝點點頭。

這好。

「眞沒志氣。如果要派遣刺客，爲什麼不眞的殺了義經呢？」

賴朝的影子上，忽然疊起另一道污濁的巨影。

這個鎌倉政權的首腦大吃一驚，回頭一看，哪裡有人。

再回頭，只見一個臉色蒼白的壯漢站在門邊，手裡提著一個僧侶的血腦袋。

賴朝記得那掉了腦袋的僧侶名叫土佐坊昌俊，是武功高強的密士，據說能聽見一里之外的蟬鳴，看見百丈外飛鳥羽毛的顏色。賴朝特命他在宅邸屋簷上自由行走，好從高處監視可疑的人士走動。

這道命令，當然是爲了防止擅長偷襲的義經。

現在，土佐坊昌俊就剩一顆死人頭。

「大膽！你是義經派來的刺客嗎！」賴朝拿起蒲團，驚恐地擋在自己前面。

人類眞是可笑的食物，面對死亡所做出的動作，十之八九都沒有道理可言。

「我，牙丸霸道。」壯漢舔著死人頭斷頸上的鮮血：「聽過鬼界吧？」

「鬼界？鬼界！你……你要做什麼！」賴朝根本失去了判斷力。

「我要什麼？算是幫你個忙吧，我要你一道正式的進京命令，再來三十個可以在白天幫我扛轎的壯漢。」這名牙丸霸道的鬼，咀嚼著死人頭的臉骨，說道：「如此，我將光明正大幫你剷除義經。」

「什麼？」

「懷疑嗎？我可是可以自由進出鎌倉大院的鬼啊。」牙丸霸道哈哈笑道：「我有三十個同樣擁有牙丸稱號的屬下，就是十個義經也不是我的對手。」

至於鬼的意圖？

賴朝根本沒有多問，就用顫抖的手寫下一道進京命令。

牙丸霸道拍拍魂不守舍的賴朝的臉，拿走命令，翻上屋簷走了。

帶著壓過白氏的心情，牙丸霸道用土佐坊昌俊的名字，前往熱烈歡騰的京都。

❹三神器中的神劍，被戰敗的平家丟入海中。

第269話

京都熱烈歡騰，可義經心裡卻一點也高興不起來，反而非常愁苦。

源家消滅平家後，哥哥不僅沒有原宥自己擅自接受法皇官位，還用「獨攬軍功」的罪名沒收他在關東的領地。這也就算了，義經本來就不在意什麼狗屎領地。

但哥哥還下了另一道命令——不准他接近鎌倉一步。

「擅自接受官位這種小事，需要介意這麼久嗎？難道一場大勝仗還不足以讓我功過相抵嗎？哥哥也未免小氣。」義經百般聊賴地看著白紙黑字的命令，覺得有些可笑，有些無奈。

他嚴重失去動力。

殲滅了平家，義經這一生的主題就算是終結了。

對於殺害他父親的平家，義經懷著鬼一樣的仇恨殲滅了數萬人。比起以前戰爭時的兢兢業業，現在無所事事反而空虛起來，連與弁慶每天清晨的比武都來不了勁，一場都沒贏過。

是夜，月沉星稀。

「殿下，外頭有賴朝主公的使者求見！」一個家僕稟報。

「使者？哥哥的使者！」義經又驚又喜：「馬上開門，我立刻去迎接！」

家僕趕緊離去，義經反覆踱步，不知自己該穿哪一件華貴的盔甲才稱頭。

「哪有使者深夜求見，不可不防。」弁慶警覺。

「別胡說八道了，我可是源家的第一功臣呢！」義經用力拍了弁慶的後腦勺，笑罵：「他可是哥哥派來的使臣呢，肯定是要下旨封賞我吧！這會兒從鎌倉星夜趕來，哪有一定在白天到的呢？晚上一到京都就來見我，若不是封賞，也一定是什麼重要的原因吧！」

更何況，哪有特地登門拜訪的刺客呢？弁慶眞是傻了——義經沒有說破。

「是。」

「你退下吧。」

「是。」

弁慶退下，卻沒有離開。

他只是去取放在庫房裡，最重、最沉、也最長的鐵槍。

義經穿上了鍬角最長的盔甲，好整以暇來到院子，率領家臣跪在地上迎接賴朝的使者「土佐坊昌俊」，滿腔的興奮。

以土佐坊昌俊爲名的牙丸霸道，卻毫不掩飾自己身上的鬼氣，率領三十個牙丸鬼兵，身負武器，大剌剌來到義經的面前。

「你就是源義經？」牙丸霸道將賴朝的印信亮了出來。

「是。」義經跪在地上。

「打敗平家的就是你？」牙丸霸道散發出殺氣，試探著。

「是。」義經沒有反應。

這就是名滿天下的戰神嗎？看上去也不怎麼樣，只是個臭小鬼嘛。

牙丸霸道有些失望。

「一路辛苦了。」義經還在欺騙自己，跪在地上沒有抬頭。

那姿勢，簡直是自願露出脖子給屠夫來上一刀。

罷了，只是徒具虛名而已。

牙丸霸道連刀都沒有拔出，只是伸出比鐵還硬的右掌，往義經的頭顱抓去。

手掌背，一陣痲癢。

「九郎小心！」

弁慶的長槍駕到，貫穿了牙丸霸道的右掌。

牙丸霸道後退了三步。

從天而降的弁慶擋在自己與義經的中間。

「這才是像樣的對手嘛！」牙丸霸道從右掌裂開的大洞中，看著巨人弁慶。

——情不自禁，牙丸霸道燃起了熊熊戰意。

「你的氣味不對。」弁慶手中長槍橫握，巨靈神般的氣勢：「你不是人。」

「不愧是在比叡山當過和尚的人，久聞大名，武藏坊弁慶。」牙丸霸道抽出腰間的長刀，說：「功高震主是把腦袋弄丟的不歸路，奉賴朝之命，今晚要你們血吻月光。」

牙丸霸道身後三十名牙丸鬼兵也紛紛抽刀圍陣，將義經等人困在院子中央。

而義經，還是維持著下跪叩首的愚蠢姿勢。

「殿下！是敵人啊！」

弁慶有些著急，顧不得主僕之禮，長槍尾巴撞著義經的腦袋。

但義經還是傻傻地跪在地上，好像一無所覺。

空氣變得很冷，彷彿葉尖上的露水會凍成冰。

不妙，這次的敵人可不是鬧著玩的啊！弁慶開始用腳猛踹，義經的身子搖搖晃晃，倒了，卻又急著跪好。

看來，義經是不行了。

「所有人保護殿下！其他的事就交給我！」弁慶暴吼，這是唯一的指示。

弁慶狂舞長槍，將牙丸鬼兵發出的殺氣給破開，威風凜凜。

「好大的口氣！且看我關東十一豺，霸鬼的威力！」

牙丸霸道擒刀攻上，用全身力道往弁慶的頭上砍去。

就這樣，弁慶以一鬥眾。

而跪在地上的義經，從頭到尾對這場驚心動魄的戰鬥無知無覺，甚至連頭髮都被削斷了也沒有移動過身體，彷彿入了定。

一盞茶的時間過了，義經的身旁都是落櫻般的鮮血。

全京都的人都因爲巨大的戰鬥聲醒了，沒有一個人不知道賴朝要殺義經。

最後一顆人頭終於落了地。

弁慶走到義經的面前，氣憤地將長槍咚地插在地上。

「醒醒！醒醒！」弁慶在義經的耳邊大吼。

義經滿臉是淚，到了這種地步，還是不肯相信哥哥要殺他。

哥哥要封賞我什麼呢？一定是很大很大的官位吧？

這個世上，有戰神這樣的官稱麼？哥哥，你知道嗎？大家都是這樣喚我的！

不，我什麼都不要，只要哥哥喚我一聲好弟弟便行了……

「反了吧！我們起兵對抗賴朝吧！」弁慶滿身是血，激動地大叫。

撕掛在樹上的牙丸霸道，兩眼無神地看著這一幕。

第270話

義經在寥寥數個家臣的鼓譟下，終於還是踏上與鎌倉政權對抗的局面。

但已經被奪走兵權的義經，湊來湊去，整個京都竟只有五百個人願意跟隨號稱鎌倉戰神的他，其中還有兩百多人沒有受過軍事訓練。

說穿了，這種兵力只有逃跑的份。

意興闌珊的義經決定離開京都，尋找可以發展勢力的地方。

此後一連串的逃亡過程裡，義經帶著不成軍隊的隨從一路與賴朝派出的伏兵、鬼界的刺客對抗，忠心耿耿的部下死的死，逃的逃，最後只剩下十多人。

義經的鬥志始終沒有眞正回復，只有在追擊的敵人出現時，義經才會將他對哥哥的「不解」轉爲「義憤塡膺」的力量，將來襲的敵人殺退。

對於賴朝恐懼義經成爲源氏共主的心態，諸侯都心知肚明。

整個鎌倉軍團，都不甚願意爲了討伐義經而行動，因爲各方諸侯都知道義經的厲害，又非常同情義經的遭遇，所以對賴朝要求一起出兵討伐「叛變」的義經這件事，都是虛應了事居多。

缺乏支持，鎌倉的軍團因此牛步地前進著，賴朝終日恐懼著義經會用他的聲望登高一呼，但對於大軍的牛步化感到很不滿。

「義經的策略就是閃電突擊吧？」賴朝睡得很不安穩，整天疑神疑鬼。

「探子回報了沒？前方有沒有伏兵？」變成了賴朝掀開轎帳的口頭禪。

賴朝的心魔已越來越巨大。

爲了防止其心不軌的義經暗殺，賴朝甚至找了十幾個影武者，分坐在十座官轎裡混淆義經的視聽，有時裝扮成打雜的僕役才能安睡在馬邊。

幸好賴朝遲緩的大軍始終無法直接圍擊義經，歷經重重艱難與暗殺，義經一行人終於抵達了奧州，投靠過去關係非常良好的藤原秀衡。

藤原秀衡勢力強大，兵強馬壯，過去平家當道時藤原秀衡已是一方之霸，現在源氏崛起，藤原一家也沒有因此稱臣。

得知源義經投奔奧州的賴朝一整個大驚，開始文攻武嚇，逼迫藤原秀衡交出義經的人頭。但藤原秀衡不為所動，反而不惜將兵馬借給義經與賴朝一戰。

賴朝恐懼著終於得到兵馬的義經，只得按兵不動。

可惜半年後，據地為王的藤原秀衡突然看見恐怖的幻覺，活活嚇死在床上。

義經的氣數，到了此時可說是真正走到了盡頭。

藤原秀衡一死，賴朝的格殺令壓垮了藤原一族對義經的信心，與義氣。幾個兒子將老父生前再三囑託的「聽從義經，合力對抗鎌倉幕府」的遺命拋到腦後，密謀殺死義經，好賣個人情給勢力強大的賴朝換取和平。

「把義經的頭浸在酒裡，獻給鎌倉，奧州就能保全。」賴朝的親筆。

是日，千餘名騎兵衝抵義經位於高館的住所，擺陣，拉弓，箭羽蔽天。

頃刻，偌大的宅邸陷入了火海。

義經毫無抵抗，呆呆看著十幾個家臣奮不顧身擋在自己前面，被箭矢釘成刺蝟，義經心中竟一點感覺也沒有。連最後的憤怒都省下來了。

羽箭插在弁慶好像永遠不會倒的巨大身軀上，好像是玩具一樣，而弁慶兀自揮舞長槍，刮動旋風擊開一波又一波的箭矢。

「殿下，還有希望！我們殺出去另起山頭！」弁慶賣力地鼓舞義經。

但義經只是摸著頭盔上彎曲的巨角，逕自走進著火的房裡。

「弁慶，我累了。」他拋下這麼一句。

弁慶哭了。

他回頭，看著義經最後的背影。

他想起了一之谷的陡峭。

「弁慶，你相信命運嗎？」

「不。」武藏坊弁慶頓了頓，說：「殿下，我只相信你。」

義經的眼睛裡，火耀著神的光彩。

「那便夠了。」

義經拉起馬繩，氣勢沸騰，大喝：「想保護我，得跟緊了！」

他想起了屋島的海風。

「火一燒開，巨大的火勢會帶給平家巨大的想像，我們就衝下去決一勝負。」義經躍上馬，調整一身火紅的華麗盔甲。

接著，義經下達了有史以來最有自信，也是最囂張的風格戰術。

「每個人，都大叫我的名字。」

他想起了壇浦大海上的鳥。

「弁慶。」義經將刀入鞘。

「是！」

「即使到了現在，我還是不覺得自己會輸。」

「……是！殿下！」弁慶流下眼淚。

義經雙手發燙，每根血管都燒煮著。

這雙手，可以毀掉這個世界上所有的東西，所有的國家，所有的神社。

——何況區區的海妖。

「我是，真正的破壞神！」

義經走進火焰噴漲、四壁坍塌的危房，背影漸漸模糊不可辨識。

「弁慶恭送殿下。」

弁慶最後朗聲道，聲若洪鐘。

這無敵的巨人躬身敬禮時，一支羽箭在此深深穿進弁慶的頸骨。

但弁慶毫不以爲意，拖著長槍，踢開大門，揮刀如舞，人馬無別，在炙熱的大風中刮起血霧。千餘人的部隊被弁慶殺得心膽俱裂，紛紛逃開以箭決死。

萬箭齊發中，弁慶的長槍還在敵群裡蠻橫地翻滾，擋者披靡。

最後弁慶身中萬箭，體無完膚，這才將長槍釘在地上，睥睨群敵而死[5]。

據說，弁慶最後的神態極似佛教裡的仁王，嘴角似笑非笑，虎目含淚。藤原一族合五馬之力才將弁慶不動如山的屍身拖倒，可見弁慶的驚人意志。

源九郎義經，帶著神之光彩的男人。

就此殞落。

---

[5] 此乃著名的「弁慶立往生」。

第271話

地底下，紅色的池子裡，一張老謀深算的邪臉。

擁有長生不死的身體，他的邪惡同樣永垂不朽。

鬼界的王，人間的長影。

徐福，日本國眞正的統治者。

早在三十年前，黑暗獵命師徐福就已算出西方有股驚人的氣運，那氣運自渾沌而生，來自虛無，現於光明。這光並非柔和凡光，而是比烈日還灼熱，比岩漿還滾燙的火焰光。

那時，站在星空下的徐福，算到連手指都會顫抖。

「西方有空前的強氣出現，不多久就會聽聞到一個蓋世英雄的誕生，那道光將建立空前的大帝國，超越我的夢想。可恨，那道光如此刺眼，將要與我作對嗎？」徐福不惜耗損千年的道行，也要看到未來的蛛絲馬跡。

——沒錯，那道強光久久不散，遲早都會淹沒至這東瀛古國。

時間呢？飛算命運的手指錯愕停住。

來自百萬光外的星象，告訴徐福古怪的答案。

「就在第二個皇帝墜海後，那光將會射向這裡。」徐福渾身燥熱。

第二個皇帝墜海？這是什麼意思？

如果那道光挾帶著其他獵命師的幫助，自己能夠抵擋得了嗎？

「因果循環，天地平衡。闇與光，總是在同樣的朝代相應而生……沒錯，一定會有闇的力量，爲了對抗那道光的入侵，我必須找出那闇的力量在哪裡，將其收編。」徐福卻怎麼算，也算不出那闇的力量到底在哪。

如果那闇的力量確實存在，卻無法被自己收編，反噬自己就糟了。

「一定要找出那闇的初始，在他還沒成形就馴服了他！」徐福咬牙。

於是，徐福一面觀察東方的強光，一面派出鬼界的精銳到人間尋覓闇的存在。

——那闇的力量終於在年僅十一歲的宿主身上，被鬼界的隱者發現。

夜裡徐福遠遠觀察，那是個名叫遮那王的少年，當時正與一個巨人般的僧侶在橋上對峙。少年持刀，巨僧使槍，兩人就要開始動手。

那巨僧在橋上進行「刀狩」的狂舉，也就是打敗路過的武士，搶奪武士腰間佩戴的太刀為樂。巨僧已收集了九百九十九把，而少年佩戴的太刀就是巨僧進行刀狩的第一千把。但，實力高出少年好幾倍的巨僧居然輸了。且敗得心服口服。巨僧發誓一世都要跟隨少年，以吞滅當世政權為志。

「好可怕的命格。」徐福瞇起眼睛，欣羨不已。

這史稱「破壞神」的命格，恐怕是無法轉嫁到自己身上了。

「破壞神」不同於一般命格的隨人而棲，「破壞神」是雄偉巨大的能量，簡直可稱之為沒有形體的巨妖了。「破壞神」只能在懷有巨大恨意的人體中，所以擇恨而棲、因恨強大，是與宿主密不可分的命格大妖怪。

而徐福對世間的恨意，早已在歲月中消磨殆盡。取而代之的，是無窮的貪欲，與淩駕在萬物之上的控制慾——這樣的軀體是無法容納「破壞神」的，如果「破壞神」的能量從徐福的頂竅爆裂掙脫，可是一點也不奇怪。

「無法全數己用，就得好好控制，才不會成爲反咬主人的狗。」徐福思忖著。

接下來好幾年，鬼界就一直在暗處窺伺那少年的成長，研究少年的性格。

空前絕後的一之谷大戰，讓那少年擁有戰神之名，「源義經」三字威震天下。

破壞神的力量，果然非同凡響。

「破壞神沒有缺點，但他選擇寄宿的人身上有。」徐福長期觀察了解到這點。

而這個缺點，就是義經對哥哥的莫名情感。被鬼界控制的鎌倉軍師廣元，便利用這點不斷挑撥賴朝與義經之間的關係，爲徐福馴化義經的場面佈局。

後來屋島大戰、壇浦大戰，「破壞神」的威力越來越強大，徐福派出去刺探義經實力的鬼界使者，全都無法與之相敵，反而更壯大了義經對自己的信心。

預言隨之應驗，第一個皇帝墜海❻！

在此同時，東方的那道烈光也出現了。那光寄宿在一名叫鐵木真的蒙古英雄身上，同樣以悲情的奴隸身世開始他的人生，在大漠四處征戰，併吞無數部落。

光與闇，同時在兩塊土地上遙遙較勁。

源義經潛在的力量，連徐福都暗暗心驚。要對抗光，便要藉助「破壞神」的力量，又不能被其覆亡。爲了預防「破壞神」的威力壓過自己的法力，徐福認爲將義經的意志逼到絕路的時間到了。

於是藉著賴朝的恐懼將義經逼上絕路，再藉著藤原一家的手，了斷了義經生存的最後希望。其實只要義經對自己的哥哥懷有恨意，他隨時都可以召喚大軍消滅賴朝。但他不願，自始至終都在祈求哥哥的手足之情。

最後，義經體內的破壞神能量終於繭化，「喪生」在熊熊烈火中。

地下皇城裡。

此時此刻，坐在血池裡的徐福，終於放下心中的大石。

原本千瘡百孔的弁慶，現在安詳地躺在由奇異石料打造的棺材裡，原本血肉模糊的身軀，只留下密密麻麻、魚鱗般的箭疤。

「將武藏坊弁慶封進棺裡，等到需要他的時候，再讓他醒來吧。」

徐福看著連吸血鬼武將都能輕易殺掉的弁慶，憐惜地咬破手指，將血滴在弁慶的額上，象徵弁慶是直屬自己的狂戰士。

牙丸武士們封起了石棺，將一代猛將送往隱密的樂眠處。

那棺的鄰穴，已擺放了這時代的另一個無敵——這兩個從未交手過的傳奇，到底誰才是全日本第一的戰士，恐怕要等好幾百年後才能揭曉了。

至於義經。

義經睜開了眼睛。

朦朧中，義經以爲自己到了地獄——實際上也相去不遠。

他的頸子，留下了皇吻的痕跡。

徐福親自爲義經戴上了華麗的盔甲，割開自己的手腕，將血淋在義經的頭上。

地下統治者的鮮血，就這樣沿著盔甲的紋路蜿蜒滴下，紅了義經的臉。

義經愣愣地看著這個重新賦予自己生命的老者。

……這裡是鬼界嗎？

在我眼前的這個老者，就是鬼界的王嗎？

「戰神，源義經。」徐福溫藹地問。

「是。」義經不由自主跪下。

「你願意爲了我作戰嗎？」徐福的聲音中有股慈祥的魔力。

「作戰？作戰嗎？你說的是作戰嗎？」義經感動地流淚，親吻徐福的腳趾。

義經的人生，終於又有了新的主題。

---

❻在壇浦大戰中，平家所擁戴的幼帝投海身亡，死時不過八歲。

回天

命格：天命格

存活：無

徵兆：宿主從小就有將枯萎的花朵變成盛開鮮艷的奇能，撿到的受傷小動物都能在極短的時間傷癒，手指碰到剛剛受傷的皮膚就會自動癒合，若手指碰到結痂的舊傷，硬痂便會自動脫落。歷史上，偶有宿主因此命格被封為聖者、得道人、仙人或巫師。

特質：非常珍貴的療癒系天命格，只要是一息尚存的生命體，被善良的宿主輕輕拍撫，就可以從死亡邊緣爬將起來。唯一的條件是，如果宿主治癒超過十頭大象的生命能量，此命格將會自動枯萎一百天，再慢慢恢復。

進化：無

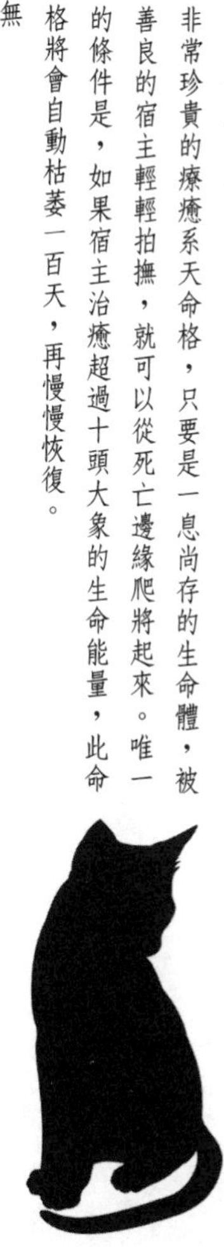

〈兄火弟雨〉之章

第272話

一個小時前。

烏霆殲呆呆地坐在藍水裡。

腦中時而一片空白，時而充塞大量任意跳接的記憶畫面。

好像同時有很多人在他耳邊說話，密密麻麻的聲音越來越大，猶如一萬隻蜜蜂在耳道裡築起蜂窩。

一皺眉，就像突然被關進冰箱裡，只聽見壓縮機寂靜而規律的嗡嗡聲。

這裡是什麼地方？怎麼會躺在奇怪的水裡？

嗅了嗅，好重的金屬味，這藍藍的是什麼水？

想站起來，又缺乏站起來的動機。

想繼續躺下去睡，又不知道繼續睡下去是想逃避什麼。

恍恍惚惚，就這麼一直坐著。

「你已經醒來一個小時了，怎麼還在發呆？」

一棵逐漸枯萎的櫻花樹，緩緩拔動糾結的老樹根，來到烏霆殲旁邊。

「……」烏霆殲豎起耳朵，終於有了反應。

一個蒼老虛弱的聲音，似乎是從那棵老櫻花樹的樹洞裡發出。

「……」烏霆殲緩緩轉過頭。

久未使用的視力輕易地看見樹洞裡，藏躲著一雙血紅眼睛。

從那樹洞裡發出的氣味，是他最討厭的東西。

「壞掉了嗎？聽得懂我在說什麼嗎？」樹洞裡的老吸血鬼問。

聽是聽見了，但聲音還未翻譯成令人理解的意思。

烏霆殲咀嚼著老吸血鬼的意思，視覺也開始翻譯周遭奇異的風景。

打鐵場，跟數天以前的打鐵場幾乎是天堂與地獄的差別。

灰沉的天空沒有一絲朝氣，沒有雲，沒有風。

天空的顏色就像腐爛發霉的果凍，說不出來地教人倒胃。

無數一摸即碎的灰焰懸浮在空氣裡，石階上布滿了蜘蛛網般的粉碎性裂痕。

所有的櫻樹與柳杉全都枯槁低垂，沒有一片葉子留得住；那些原本盤根錯節的老根竟抓不住土壤，因爲土壤看起來就像流動的巨大屍體，甚至開始冒出黑色的霧。

好幾棵爛掉的樹果然就這樣飄了起來，飄在如死水般沉重的黑氣裡。

沒有希望。

這個世界沒有了希望。

眼前感知的一切都在分崩離析中。

烏霆殲想起了久違的厭惡感，語言的能力在喉嚨裡重新組織。

「這裡，是什麼鬼？」烏霆殲瞪著樹洞裡的雙眼。

J老頭蜷縮著乾枯的身體，眼睛瞇成一條軟弱無力的線。

他心中暗暗佩服烏霆殲的精神力，畢竟他只會打造兵器，治療武者並非他的專長；

能否在藍水中醒來，關鍵還得看烏霆殲自己有多想生存下來。

「橫行東京的獵命師啊，這裡是我，J老頭的地盤，省下你的傲氣吧。」

「J老頭？」

不需要從記憶中翻找，烏霆殲一下就想起了這個如雷貫耳的名字。

少有的，超越種族，贏得諸方崇敬的名字。

爲了使自己手中的兵器刻上這個名字，多少英雄願意五體投地，懇求賜器。

「獵命師，你的名字？」

「我不是獵命師。」

這點倒是記得清清楚楚。

「喔？那可稀奇了，你的體內住了很多大怪物。」

「烏霆殲，我的名字。」

「烏家的子孫，竟然遭到族人的追殺啊……」

J老頭的眼睛，凝視著烏霆殲的右手斷腕處。

凝視著「那東西」。

「……」烏霆殲的左手緩緩離開波光流映的藍水，扶著凹槽邊緣，赤裸的身軀慢慢站了起來。環顧四周，意識清朗，先不說與遭到命格奪舍前的惡劣狀態判若兩人，甚至比起過去全身爆滿凶氣的時候，都有明顯的差距。

因此失去力量了嗎？

不安的烏霆殲深深吸了一口氣——過去幾年不斷吞噬的爛命命格的能量，幾乎還剩下八成，只是這股強大的力量變得很穩定，且聚集在右肩脅處。

有那麼一瞬間，烏霆殲以爲他的右手還在。

「你對我動了什麼手腳？」烏霆殲輕輕握拳，握著不存在的右拳。

那虛無的感覺，竟非常有能量聚集的眞實感。

「動手腳？我可是幫你裝了，強到足以謀殺隕石的重兵器！」J老頭冷笑。

兵器？

重兵器？

烏霆殲明顯感覺右手承載著可怕的力量，這J老頭所言不假，卻不知從何問起。

「我不問你爲什麼要強食這麼多奇凶敗劣的命，不過，你自己可曾想過，以你的功力根本無法跟你吃掉的東西對抗，更別提好好運用它們了……」Ｊ老頭雖然飢餓難耐，但一提起自己洋洋得意的兵器設計，就忍不住多說了幾句：「你閉上眼睛，觀想你的右手。」

烏霆殲依言閉上眼睛，觀想自行在右手裡呼吸的焦灼能量。

彷彿有一隻窮凶惡極的海獸，在伸手不見五指的大海深處伺機而動。看不清海獸的形體，仔細探索，那海獸的身上似乎綁滿了咒縛，咒縛像一串又一串百萬斤的鉛錘，壓得海獸痛苦非常。

海獸每一次呼吸的巨響，幾乎要漲破大海，令海瞬間沸騰。

「你該知道，這世界上有一種人，叫煉命師。」Ｊ老頭。

「我找不到。」

「你當然找不到，所以只好土法煉鋼，將那些奇凶敗劣的爛命亂七八糟塞進你的身體裡，以爲這樣就能變強，眞是可笑。你做事都沒想過後果嗎？」

「……」

「我想盡辦法用了一點想像，在你的右肩裡用咒做了一個結界囚牢，將那些爛命通通鎖在裡面，然後參酌以前煉命師朋友教我的一點概念，讓那些爛命彼此攻擊，然後在同一種頻率中融合——只要那些爛命統合成一種純粹的能量，就只是龐大，而不會侵略你的靈魂。」

Ｊ老頭中口這種天馬行空的兵器製作法，完全不可能在現實世界中實踐。若非城市管理人應許他這麼樣一個「無所不成可能」的天地，Ｊ老頭又怎能將「概念」運用得這麼淋漓盡致？

「眞不可思議，竟然可以在我的身體裡硬造這樣的命格囚牢。」烏霆殲感受著棲息在右手裡的大怪獸，若有所思道：「不過這樣的強行融合，還是不免耗損掉我吃掉的能量吧。」

「夠了吧，有七、八成的穩定能量，已經超過我原先的估計了。」

也是，烏霆殲頗爲滿意這樣的結果。

烏霆殲本想接著開口問這「武器」的使用方法，但問題才剛剛滿到嘴邊，答案就自動從他的意識裡慢慢浮將出來。原來Ｊ老頭在裝置「武器」的時候，也一併將武器的使用方法用咒的力量潛移默化進了烏霆殲的腦袋裡。

但實際的使用狀況究竟跟J老頭想像的有多大差距，就得靠烏霆殲自己印證了。

「眞想看看這頭怪獸掙脫控制的結果。」烏霆殲瞇起眼睛，躍躍欲試。

「隨你的便，不過這種東西可是概不退還，也別幻想有什麼保固了。」

這話好笑，不過烏霆殲只是吐出一口沉悶的濁氣。

「你這個老吸血鬼趁我昏迷的時候幫我裝這種兵器，應該不是免費的吧，說，你要我給你什麼？」烏霆殲嗅嗅自己手指上的殘餘藍水，自己的體內好像也發出了類似的氣味，想必這種藍色的怪水也是那「武器」的關鍵之一。

「唯一的條件，請你聽好了。」

「……」

「殺掉所有擋在你前面的敵人。」

烏霆殲這才笑了。

「正合我意。」

第273話

J老頭空蕩蕩的肚子裡，只剩下一團難以忍受的火。

隨著J老頭被嚴重的飢餓感剝奪了生活樂趣，用咒語精造出的打鐵場正慢慢凋零，美景一片片剝落，好像一幅被鹽酸澆蝕的畫。

「……對了，我怎麼會在這裡？」烏霆殲轉動右肩，扭動僵硬的脖子。

「不記得了嗎？那個叫陳木生的笨蛋，不顧一切把你救到這裡。」

烏霆殲愣了一下，關於陳木生的片段記憶從意識的縫裡大量擠出。

對了，是有這麼一個粗魯的笨蛋。

雖然當時意識渙散，精神只剩一線，但烏霆殲可沒忘記這個把自己扛起來跑的救命恩人。只是詳情是怎麼回事，烏霆殲就一無所知了。

一絲不掛的烏霆殲雙腳踏在腐敗的土地上，又深深吸了一口氣。

宛若新生的感覺越來越清晰，連稀鬆平常的呼吸都覺得奢侈了肺葉。

「他人呢？那個叫陳木生的男人？」

「問的好。」J老頭的聲音像是有了方向，鑽進了木造庭宇。

小小的木造庭宇內煙霧瀰漫，明明是有限的空間，但是在煙霧裡卻有無限大的宇宙似地，依稀可見無數黑影在霧裡纏鬥不休，奇氣迸繞。

「在裡頭嗎？」烏霆殲感覺到，那庭宇內的氣氛很不對勁。

應該說是磁場失控嗎？還是故意設置的結界囚牢？超越野獸的第六感告訴烏霆殲，一旦踏進那木造庭宇就別想輕易脫身。如果那個叫陳木生的男人被困在裡頭，意味著他遇到了大麻煩。

「那小子提前誤闖進我設的最終結界，如果無法打敗裡面所有的武者，就別想活著走出來。」J老頭既憤怒又遺憾的聲音：「現在連我都沒辦法救他，因爲我本來就打算把那個地方當作是對兵器人的最終試煉場，所以下了最重的咒交換不被允許存在的空間——那是連我都沒有辦法取消的咒，好證明我焠鍊兵器人的決心……」

烏霆殲一知半解靜靜聽著J老頭非常不爽的牢騷。

一聽，就是一個小時。

原來J老頭過去兩千年來替十方武者打造了無數兵器，爲了事先了解那些武者的素質與極限，J老頭都會摺紙成獸，讓咒獸與武者打鬥。除了因此獲悉如何打造適合武者的兵器外，亦會在這個空間裡留下珍貴的武者記錄——招式、性格、能力，與武者殘留的眞氣。

如果用咒控制，在特定條件下重新召喚過去武者的眞氣，使武者虛擬地復活，那麼就能與生者對戰，變成生者練武的最佳敵手。

——而木造庭宇，根本就是一座飽滿過去武者眞氣的兵器博物館，正式的名字叫「死戰空間」，只要生者一踏進死戰空間，就會啓動結界裡的霧氣，將生者傳送進一堆歷代強者的環伺中。作爲J老頭檢驗兵器人品質的最終場所，「死戰空間」這種不吉利的名字再適合不過。

「既然兵器人是你畢生的理想，爲什麼要用這種毀滅性的方式檢驗？」烏霆殲看著自己的身上，不知何時已穿上了僧侶般的衣服，想也知道是J老頭的咒語。

「如果要掛名當我的最終兵器，那麼，在外面打打殺殺一定要一鳴驚人！一定要技壓群雄！一定要天下第一！如果連死戰空間的試煉都通不過，那就死在裡面算了罷，省得在外面的世界丟我的臉！」

「那現在呢？」烏霆殲暗暗覺得好笑。

「如果那笨蛋肯按部就班接受我的訓練，毀掉整整一百件兵器再進去死戰空間，那些不會進化的怪物怎會是他的對手？」J老頭聲嘶力竭地啞聲：「現在他只毀掉了五十一件兵器就誤闖進去，那種半成品能拖到現在還不死，就是最大的奇蹟了！已經是最大的奇蹟了！」

如此說來，那個兵器人如果持續闖不出陣，就只有等待報廢的份？

「要怎麼把他從裡面拉出來？」烏霆殲舉起左手，隨意握了握拳。

青色的火焰從拳縫中蛇行而出，久違的戰鬥感……

「殺掉裡面所有的、曾經用過我兵器的武者，無一闕漏。」

「只是這樣就可以了嗎？」

烏霆殲踏進木造庭宇。

死心眼

命格：情緒格

存活：一百年

徵兆：永遠記得好友三年前跟你借的十五元公車錢；對隔壁桌同學跟你借了一張隨堂測驗紙卻忘了還而耿耿於懷；升旗前整隊時，非常介意王同學明明跟你一樣高卻被排在你前面；輪到你當值日生，早到的你絕對不會幫晚到的值日生做他的份。

特質：小氣達人是你比較好聽的綽號，實際上你就是一個斤斤計較的小氣鬼。對小數點後三位數字亦非常敏感，有時你表面上掩飾得非常平和，口袋裡卻塞滿別人如何虧欠你的流水帳。如果你是一個主管，當你的下屬非常可憐。

進化：非常的死心眼、見鬼了的死心眼

第274話

一招，就讓獵命師兵長征完全倒了。

完全，燒焦了。

奇怪的戰鬥結界內，被熊熊的大火征服。尤麗與王五看著眼前以火焰爲名的男人，那狂放的氣勢令他們舉步維艱，更別提繼續戰鬥了。

但不戰鬥，這些只能戰鬥的行屍走肉還能做什麼?

「你……你……喂……」陳木生大駭，整個不知道該說些什麼。

烏霆殲冷冷瞥了陳木生一眼。

這個言行笨拙的男人的身上，竟有他極爲熟悉的氣味。

「這味道……『千軍萬馬』？」烏霆殲微微抽動鼻子，眉頭一皺。

這男人身上的「千軍萬馬」命格，殘餘著弟弟留下的獨特溫度。

不過，這種事等一下再說吧。

「一邊看著！」

烏霆殲話一摔完，竟火影如箭，赫然來到王五的前面。

沒有立刻動手，烏霆殲只是仔細打量著王五逐漸烤焦的眉毛。

「喝！」王五愣了一下，有點措手不及地往前劈出一刀。

來勢洶洶的大刀直接被烏霆殲的左掌往旁拍開，一股灼熱的內力震得王五幾乎要將經年累月陪在身邊的刀給脫手。

好不容易死命抓住刀的同時，身材高大的烏霆殲往前一步，一個從上而下的猛烈頭錘，硬碰硬將王五的腦袋整個撞成火球，直接迸離頸子。

「中！」

尤麗可不是坐以待斃的角色，趁機衝抵烏霆殲的身後，瞄準背窩就是一刺。

這一刺的時機絕對是無可挑剔，可惜這一刺的對象，是一團火。

「怎麼可能這麼快！」尤麗腦中一片空白，三叉戟搗破了四散的流焰。

猛然，尤麗感覺到頭頂有一股狂燥的氣燄。

不需確認，身經百戰的尤麗本能往後急躍，想躲過烏霆殲從上空發動的攻勢。

這個決策非常正確，可惜執行決策的雙腳，所能躍開的距離遠遠不夠。

「這招還沒命名！」烏霆殲高高躍在半空，斷掉的右手臂指向底下的尤麗。

一股奇異又空前強大的黑色能量在右手斷臂前端，迅速匯聚成不規則形狀的烈焰。

烈焰兇猛得幾乎無法駕馭，可說是直接爆離烏霆殲的控制，朝尤麗狂襲而去。

……這是什麼東西啊！

尤麗抬起頭，然後連同地上的塵土消失在濃霧裡。

崩壞！

大地被獸掌般的黑焰挖出一個如蛛網的可怕巨痕，不斷往四面八方抓掐過去，沿途捲起燒焦的空氣，直接氣化地土，彷彿是一萬噸重的惡魔重重踹了大地一腳。

「會死！」

陳木生的第六感告訴自己，光是倚賴銅盾無法擋下這股可怕的黑焰，於是豁盡全身功力、用鐵砂掌在自己面前築起一道灼熱的火紅與四散的黑焰對抗，更重要的是，一面飛快逆竄而逃。

烏霆殲被黑焰巨炮的強大後座力震向更高的天際，過了許久才像失去平衡的竹蜻蜓般摔下地面，此時黑焰蹂躪大地的力量終於到了尾聲。

快被烤焦了的陳木生全身通紅，累癱在地上。

「……」烏霆殲坐在地上，看著空蕩蕩的斷臂。

依稀，還有黑焰的餘燼在前端燎燒著。

即使強如烏霆殲，剛剛那一擊也讓他有了虛脫的感覺，大量的精神氣魄在黑焰掙離身體時，也一併將他好好站起來的力量都掏空了。

烏霆殲茫然空洞的臉上，漸漸從嘴角破出一條縫，露出不該屬於他的笑容。

「J老頭裝在我手上的這怪物，根本就是攜帶式核子動力砲嘛……」

烏霆殲深深吸了一口氣，感覺神清氣爽。

剛剛那種感覺，好像一場痛快的排泄，把所有妨害心情的壞東西噴洩而出。

陳木生坐在地上喘氣，看著突然插入戰局的烏霆殲，一時不知道該如何聊起。

神祕的大霧從地面不存在的孔竅裡冉冉升起，從四面八方蒸蒸接近，將剛剛歷經一場大戰的兩人給綿密包住，如往常帶走了陳木生身上的重傷。黑色的能量也自動回填到烏霆殲的體內，完好無缺。

崩壞的大地不知不覺恢復原樣。

隨即天開了一條縫，讓霧散破而去。

「結界外的J老頭說，接下來在這裡發生的大戰，敵人會有更多人，也許還會出現二打十或二打二十的局面。不過，好處是中間休息的時間也會變多，有利我們討論接下來以二對多的戰術。」烏霆殲首先開口，坐在地上。

「嗯。」陳木生呆呆應著。

戴眼鏡的那吸血鬼走狗叫什麼來的？宮本？宮澤？宮山？總之那傢伙說的不錯，眼前這超強的火焰男，果然有單槍匹馬殺進吸血鬼皇城的本錢，跟器量。

自己拚了命扛走他，果然沒有救錯人！

「不過在討論戰術之前……」烏霆殲露出一絲笑意，兩腿盤坐在地：「告訴我，你是怎麼遇到我弟弟的？是我弟弟叫你來救我的嗎？」

「你說的，是將奇怪的東西送進我體內、笑得很三八的那個人？」陳木生茫然。

「……笑得很三八的那個人？這麼說起來你不認識我弟弟了？這就奇怪，我弟弟會把珍貴的『千軍萬馬』送給你，一定有他的道理。你們難道不是朋友嗎？」烏霆殲皺眉，大感不解。

烏霆殲打量著陳木生，感覺這個男人的氣度就像一塊質地堅硬的鋼鐵，實而不華，隱隱有大將之風。從他呼吸的氣息來看，內功修爲頗爲不凡，幾乎不下入魔之前的烏霆殲自己。

但僅僅於此的話，弟弟怎麼可能將紳士體內最重要的三個命格之一，送給一個陌生人？「千軍萬馬」，可是能夠躍升爲「霸者橫攔」的超級利器，更是父親當年交給自己、然後自己再轉贈給烏拉拉的家族遺物！

「不，你恐怕是誤會了，我與令弟只有一掌之緣。」

「一掌之緣？」

陳木生滿臉通紅地，回想起宮澤在拉麵店給他看的城市監視器畫面，說道：「那個時候，令弟正在跟東京十一豺其中一位作戰，在危急之際從高樓躍下，當時我什麼也不知道，就只是推著糖炒栗子的攤販車……然後令弟就出現了，還硬是不分青紅皂白跟我幹了一掌，接下來我就不省人事了。」

烏霆殲搔搔腦袋，喃喃說道：「原來只是湊巧？」

陳木生誠懇說道：「如果不是我應得之物，還請你伸手拿回吧。」

拿回？

烏霆殲瞇起眼睛，用他獵命師敏銳的雙眼穿透陳木生的身體，只見「千軍萬馬」命格的能量已牢牢抓住陳木生的體竅……不，陳木生的精神氣魄也死命地吸住「千軍萬馬」。一人一命，彼此嵌合得十分完美。

如果是弟弟天才般的身手，肯定一時半刻也揣不走「千軍萬馬」吧。

微笑，烏霆殲拍拍陳木生的肩膀說：「『千軍萬馬』在你的身上過得非常愜意，比起我弟弟偶爾用一次的隨便修煉，放在你身上顯然更棒。」

「到底，千軍萬馬是什麼東西？命格又是怎麼一回事？跟背後靈是不是相同的意思？我會變強怎麼會跟這種東西有關？我什麼時候能夠擺脫它？算了算了，我看你還是把它拿走吧，我不習慣身上有屬於別人的東西。」陳木生連續衝了好多問題，隨即歉然想到：「對不起，我還不知道你的名字。」

「烏霆殲。」烏霆殲說，一邊用手指在地上寫道。

「在下陳木生，鐵砂掌第三十六代正宗傳人。」陳木生抱拳，正經八百。

「要我拿走命格，不如先聽聽命格是什麼。」烏霆殲莞爾。

兩個人便從烏霆殲解釋命格開始聊起。對於人世間充滿千奇百怪的命格這檔事，陳木生大為驚異，後又聽到「千軍萬馬」是在過去也曾為項羽所用，不禁打直了腰桿，隱隱感到自豪起來。

「什麼天命格、修煉格……聽了這麼多，好複雜啊。」陳木生非常後悔沒有帶筆記本寫下來，不過總算記住自己身上的「千軍萬馬」是情緒格。

「如果你對某種特定的人生方式有了執著，即使原本沒有任何命格，命格也會因爲你的執著漸漸在體內滋長。所以即使你捨棄了『千軍萬馬』，說不定將來也會生出別的——一個人的體內只能寄住一個命格，如果後來你生出的命格是很有女人緣、或是特別會做菜之類的，你喜歡嗎？我遇過一個被命格影響，導致他這輩子絕對不能向右轉的男人，他當時哭求我把他殺了，所以我也沒跟他客氣。」

很有女人緣？特別會做菜？絕對不能向右轉？

「那就糟糕，我還是留著『千軍萬馬』吧。」陳木生大駭。

「嗯，這是好的開始。」烏霆殲點點頭，接著道：「如果你能夠更有自信，多點霸氣，就有機會將『千軍萬馬』修煉成『霸者橫攔』，屆時屬於你的力量將是現在的十幾倍。當然了，那一點也不容易。」

兩人繼續在大霧裡七扯八兜地亂聊，陳木生也大概說了一下身世，以及靦腆說明自己爲什麼會在東京賣糖炒栗子的難堪往事。

烏霆殲爲了讓弟弟隨時隨地保持自我鞭策，對弟弟的態度始終有點過分的嚴肅。在放蕩不羈、玩世不恭的烏拉拉身旁，烏霆殲顯得剽悍跋扈、不可一世，更不多話。

妙的是，這一聊開，對比陳木生的耿直寡言，烏霆殲就變成了主導話題的善言人物。由於陳木生曾救了烏霆殲，又跟久違的弟弟有一掌之緣，是以烏霆殲對陳木生的印象很好。

或許可以說，陳木生是烏霆殲第一個眞正的「朋友」。

「J老頭說你是他生平最滿意的……半成品，可剛剛來不及見識你的武功，等一下敵人出現你就先打頭陣吧。」

「獻醜了。」

烏霆殲頗有興趣地說：「對了，你對我剛剛那一招有沒有什麼想法？」

「簡直是不可思議，漫畫裡的龜派氣功也不外如是吧，我是遠遠不如。」陳木生肅然起敬，說：「不過恕我直言，那種招式似乎不太公平，用在武者對決上好像是對武學的一種褻瀆。死在那種招式底下，我想沒有武者能夠安息。」

「不公平也無妨，反正我殺掉了該殺的人之後，這種武器用不用也無所謂了。」烏霆殲點點頭，一點也不生氣，反而很欣賞陳木生的直言不諱。

「不過，那黑色的火焰究竟是什麼東西？感覺不是你的內力修爲。」

「只不過是將一些讓人做噁的爛命格壓縮成炸彈，接著再用我的手臂當砲管射出去而已。如果能控制每次轟出去的能量大小，戰術就能更靈活。」頓了頓，又說：「當然了，這武器到了現實世界，肯定要繼續補充厄命當子彈。」

此時綿密的霧氣從地面冉冉升起，像是大地有了呼吸。

陳木生有了經驗，警覺地站了起來。

「敵人總在大霧後，上次是三大高人聯手，這次想來不會少於三個。」

烏霆殲跟著站起，非常好奇可以在這死戰空間內遇到哪些故去的超級高手。

「戰鬥快開始了，我卻還沒給這武器取名字。陳木生，你有沒有什麼想法？」烏霆殲隨口問，完全被弟弟那種三八性格給傳染。

「……我覺得大龍砲不錯。」陳木生抓抓頭。

烏霆殲虎軀一震。

察覺烏霆殲臉色難看，陳木生趕緊補上一句：「要是不夠威武的話，神鬼大龍砲？魔鬼終結砲？還是言簡意賅一點……好大的一支砲？」

「算了，當我沒問。」烏霆殲嘆氣。

凝神戒備，陳木生瞪著大霧，體內的兵器魂魄共鳴出一股熟悉的兵器之氣。

遠遠在烏霆殲感應到之前，陳木生的眼睛已落在左邊的大霧深處。

「烏兄，李小龍是你的偶像嗎？」

「當然。」

「很不幸，我們得再殺死他一次。」

聞言，烏霆殲瞪大眼睛。

果然，濃霧裡緩緩走出一個不斷晃動、跳躍、充滿精力的身影，正是開創截拳道的武術明星李小龍。

李小龍的左手拎著招牌雙截棍，神情倨傲，上半身結實精赤的肌肉，散發出果敢的鬥氣，嘴巴不停吟著哼哼哈兮的鬼叫。

「……」烏霆殲啞口無言。

但當然不只如此。

陳木生還感應到了槍的神魄。

日本一代槍神，寶藏院胤榮從大霧右側昂首而出。

眉目堅定，雙眼如井，腳步從容，一柄鐵槍竟無一絲殺意擾動霧氣。沒想到當年前來尋求J老頭打造兵器時的寶藏院胤榮，修爲就有這樣的境界。

還有刀。

銳不可當的刀。

「好厲害。」烏霆殲暗暗留了心。

「我從沒打贏過這傢伙。」陳木生嘆氣：「一次，一次也沒有。」

大霧中間被狂猛的刀氣切出一條長廊。

長廊中間，是一個同樣擁有劍聖之名的戰國武者，上泉信綱。

或許烏霆殲與陳木生都該慶幸，當初前來懇求J老頭打造武士刀的上泉信綱，只是剛剛創立新陰流、年方二十三歲的上泉信綱，而非日後達到天下無敵境界的上泉信綱。

雙截棍，神槍，聖刀。

慢慢接近闖入死戰空間裡的兩人。

「對了，J老頭有說我們要怎麼做才能離開這裡嗎？」陳木生握拳，燃引鬥志。

「幹掉所有的人，每一場都得贏。」烏霆殲狠狠瞪著慢慢接近的三人。

「也就是說，要走出這個鬼地方，就得殺了呂布？」陳木生咬牙。

呂布？這可有趣了。

方天畫戟，可是J老頭畢生打造的第一把作品。

「J老頭說，死戰空間裡的所有武者不過是殘餘的氣，再怎麼強也有個限度，說穿了，他們全是無法從戰鬥裡得到成長的傀儡，就連呂布也一樣——殺這種紙娃娃，有什麼困難？」烏霆殲輕輕抬起右腳，重重一踏。

霸道的內力從他的腳底震撼地表，朝兩人接近的李小龍與寶藏院胤榮全都鎖起眉頭、停下腳步。只有氣宇非凡的上泉信綱面無表情地繼續接近。

很好，烏霆殲的對手已經決定。

不。

陳木生的背脊一陣發冷。

兩人後方的大霧潰散，一點粗暴的火紅燒燙了大地，血線般急速接近。

這種絕對不想再遭遇一次的感覺，這種令五臟六腑狠狠裂開的壓迫感。

——第四次了。

那大怪物已戰勝了陳木生整整四次，每一次都幾乎要了陳木生的命。

烏霆殲赫然轉頭。

「誰說我是紙娃娃！」

又見方天畫戟。

又見，天下無雙的呂布。

「好極。」

烏霆殲微笑，眞可惜弟弟不能在這裡修行。

否則，這個耀眼的戰神一定留給他搏命練習。

「現在只好由我殺了你了。」烏霆殲橫舉左拳，狂火捲臂。

陳木生與烏霆殲背貼著背，雙手抓著八卦棍兵形。

「那大怪物暫時先交給你，我負責擋住這幾個中怪物跟小怪物。」陳木生。

倒拖方天畫戟的呂布越來越近，越來越近。

死戰空間，死戰不休。

戰神與魔神的大對決，只剩下一個灼熱呼吸的距離。

興奮不已的烏霆殲突然愣住，一張臉麻了半邊。

「弟弟有危險！」

一公升的眼淚

命格：情緒格

存活：一百年

徵兆：簡單說就是亂哭一通。看到蚊子被旁邊的人打死，你會哭；打麻將放槍，你會哭。聽聞朋友一個月前失戀，你會哭；看到電視上沒有營養午餐吃的小朋友，你會哭到眼睛瞎掉。

特質：多愁善感、容易掉眼淚的你，有一顆溫柔的心——雖然有時候溫柔到讓人想狠狠揍你一頓。此命格的宿主常是藝術家、詩人、沒吃阿鈣的政客，不過，當然了，也很可能只是個無害的愛哭鬼！

進化：兩公升的眼淚、三公升的眼淚、四公升的眼淚、五公升的眼淚、六公升的眼淚、七公升的眼淚、八公升的眼淚、九公升的眼淚、十公升的眼淚（此時已經有明顯的集體格現象）。

第275話

大雨成海。

自以爲勢的能量漸漸膨脹。

大地，幫助我吧。

大雨，掩護我吧。

強大的命運站在烏拉拉的背後，靜謐，而深緩地呼吸。

歷經與闇之牙忍者的地鐵大戰，剛剛又與倪楚楚、兵五常連番對戰，已消耗了烏拉拉大量的眞氣，如果要使出火炎咒的招數與宮本武藏對幹，大概只能支撐不到一分鐘的時間。

然而按照烏拉拉原本的個性，與這種超級強者之間的對戰務必要傾出全力，在極短的時間內決勝負，反正這種拿生命較量的戰鬥，時間越拖越久，勝算怎麼可能因此提高？

勝便勝，敗便敗。

將所有的賭注都丟在第一把，趁對方尚未發揮百分百的戰鬥力便將他打倒！

臨敵之際，烏拉拉有一個想法。

「喂，拿刀的。」

「嗯？」

「眞想知道你的耳機裡放的是什麼音樂。」

大雨裡，一道耀眼的火衝出。

逼近刀。

「用火焰包住自己？」宮本武藏留上了神。

是類似白氏的幻術？還是貨眞價值的火焰？

化成一團火焰的烏拉拉在大雨中破開一條熱浪，宮本武藏半試探性一刀斬出。

刀氣依舊凌厲，卻讓善於逃跑的烏拉拉輕鬆躲過，一下子衝抵面前。

好傢伙，宮本武藏暗暗讚道。

「疾龍咬！」另一手握刀急斬。

在近身對殺的瞬間，烏拉拉身上的烈火就像一件外套，陡然脫離他的身體。人火分離，宮本武藏的眼睛裡卻還殘留著餘焰的光，在一時轉不過神的情況下，刀氣竟本能地斬在殘在空中的火焰上。

同一時間，身形倒立的烏拉拉一腳重重踢中宮本武藏的下顎，斜斜衝上的力道直擊，劇烈地震動宮本武藏的腦袋。

焰破散，宮本武藏的身體也短暫離開了地平面。

……恐怕沒有人會相信，一代刀聖竟然會被一腳踹離地面。饒是強如宮本武藏，被重擊下顎的結果也跟人一樣，空白了半秒鐘的意識。

「再來！」

烏拉拉雙手輕輕擦過溼淋淋的地面，全身彈簧般往天空彈射，鯉魚翻身來到宮本武藏的頭頂。烏拉拉下腳跟重重砸落，蹬在宮本武藏的腦門上。

碰！

就在即將得逞時，烏拉拉的左腳跟被宮本武藏倒持握把快速擋住，發出可怕的撞擊聲。宮本武藏的眼睛一睜一閉，不知是野獸的自動防禦，還是他百年來的實戰經驗焠鍊出的戰鬥意志。

……嘖嘖，這個怪物竟然連多一刻的茫然也不願施捨。

如果不趁宮本武藏還沒恢復百分之百的意識多揍幾下，存點本錢，等一下被狂砍的時候就太不划算了。頂多是……腳一不小心被砍掉罷了。

仍在半空中的烏拉拉藉著這一擋擊的力量，快速回轉身體，另一隻腳以下勾的姿勢朝宮本武藏的下顎轟出。

只見剛剛落回地面的宮本武藏再度用刀柄一擋，化解了這一勾腳。

但，烏拉拉眞正的攻擊是——

「火炎掌！」

一道火焰從手掌竄出，直接將宮本武藏埋進熊熊烈火裡。

烏拉拉翻身落下，正想對全身著火的宮本武藏發動第二波連環攻勢時，無數道憤怒的刀氣從內裂開了宮本武藏身上的火。

咻咻唰唰，瞬間只剩下黑色的焦煙。

「……」烏拉拉緊急煞車，不敢往前一步。

雨水淋在眉毛被燒掉半邊的宮本武藏身上，他的怒氣將大雨撐破。

利用黑暗與光明的快速置換，烏拉拉這一次奇襲非常成功。越是接近野獸本能的武者，就越難招架這種虛虛實實的招數。

只是，這男人醒覺的速度也未免太可怕。

「好像不怎麼公平，你有武器，我沒有，你應該多挨我兩腳再反擊的。」

烏拉拉笑笑，摸著臉上新生的細縫，心臟狂跳的聲音震耳欲聾。

剛剛迸熄火焰的刀氣朝四面八方奔射，也掠過烏拉拉的臉頰。

左手邊的自動販賣機玻璃裂出兩道痕，垃圾桶喀啦斜斜對半而倒。

「……」兩槓鮮血從宮本武藏的鼻孔流出。

他不理會，任由鼻血淌進嘴唇的溝，將燒焦的ipod扯下。

——好快的身手。

難掩的憤怒，讓宮本武藏想起了不愉快的回憶。

只是，這次的不愉快有些重點上的不同。

「爲什麼不逃？」宮本武藏瞪著烏拉拉。

「哈，因爲我不在這裡打敗你的話，我會被我哥哥殺掉。」烏拉拉微笑。

□

香港中環，一棟商業大廈的頂樓天台。

偷偷施放的營火旁，兩個坐在吸血鬼屍體上看漫畫的小兄弟。

「拉拉，比自己強悍的敵人有三種。」哥哥闔上漫畫，《H2》。

「哪三種？」弟弟咬著吸管，喝著維他奶。

「第一種，妖魔小丑。」

「妖魔小丑？」

「遇到這一種，能不打就不打，能逃就快逃。因為在這種敵人面前戰敗是難堪的屈辱，若僥倖不死，戰敗的烙印將扭曲自己的性格，阻礙日後的成長。更讓人不爽的是，敵人將為此沾沾自喜。」

□

宮本武藏殺氣回斂，雙刀反扣，微微蹲踞。

大雨淋洩在兩人身上。

既喧囂。

又極靜。

宮本武藏踏雨而行，兩臂倒拖雙刀。

「你哥哥教得很好。」

「不客氣。」

宮本武藏身形忽停，雙刀快斬，無數刀氣所經之處雨水紛紛破碎。

烏拉拉兩腳一弓，立刻箭出一丈之遙。

兩股刀氣在烏拉拉原先立足之處交錯，爆開，炸出沸騰的水花。

烏拉拉以模仿風的各種姿勢避開逼近的刀氣，在閃躲中巧妙地接近宮本武藏。

猶如扣板機，宮本武藏的刀氣連發。

□

哥哥凝視著營火，營火頓時咆哮了起來。

「第二種，恃強凌弱，目中無人。」

「遇到了又怎樣呢？」弟弟伸手取暖。

「好敵難求，遇到了這種敵人，須打得剛剛好。」

「剛剛好？」

「試探自己的極限，誘惑敵人使出絕招，讓自己在重度戰鬥中成長，卻在敵人還未痛下殺手前於縫隙中脫逃。這種敵人，就是讓你變強的墊腳石。」

□

不知何時，烏拉拉在斬碎雨的連環刀氣中，搶進宮本武藏的五尺之內。

宮本武藏暗暗佩服，雙刀上的殺氣卻越來越濃重。

「火炎掌！」烏拉拉斜身劈出一道火箭。

「龍，牙！」宮本武藏快刀砍下，刀氣切散火箭。

烏拉拉以超高速的體術左跳右躍，從四面八方用火炎掌攻擊宮本武藏，而宮本武藏看似被困在火箭陣的圓心，卻從容不迫地運刀砍破來襲的火箭。

在滂沱大雨中，刀氣有了形，但火焰的威力同時也被大雨壓制。

沒有人因雨佔了絕對優勢。

但，戰鬥的經驗就不可相提並論了！

熟悉了烏拉拉的攻擊模式，宮本武藏冷眼逮到烏拉拉即將落腳的位置。

「龍捲風！」

宮本武藏長刀旋轉刺出，刀氣怪異地旋轉噴出，將雨水掃出一道大窟窿。

「怪可怕啊！」烏拉拉鬼吼鬼叫，不敢硬碰硬招架。

倉促側身閃過可怕的刀氣龍捲風，烏拉拉的身後牆壁整個被轟爛。

這一閃，可閃出了大問題。

不再有多餘的刀氣，宮本武藏的雙刀已短身相近。

無聲無息，瞬間將烏拉拉的高速體術化爲零的爆發力。

這才是，一代刀聖最可怕的兵器接近戰！

「破！」

宮本武藏一刀刺出，彷彿將時間之輪給刺穿。

氣勢所致，雨珠凝而不落。

彷彿入了定，烏拉拉屏住呼吸、堪堪側身躲過，長刀在鼻尖上劃出一道紅痕，刀尖刺破末端的一顆雨珠。

當眞間不容髮。

「釘！」

但武聖的另一刀，卻同時反手下釘，如獸牙般刺穿烏拉拉的大腿。

這樣的距離，對烏拉拉也是一種機會。

「火拳！」

烏拉拉一咬牙，夾帶烈火的正中直拳擊中宮本武藏的胸口。

火拳震動，宮本武藏順勢摔出。

刀離血噴，烏拉拉的大腿骨被刀氣毀碎。

□

「哥哥，那第三種呢？」

弟弟問，直接將難看的幾本漫畫丟進營火裡助燃。

哥哥瞇起眼睛，深深深呼吸。

營火的團團大火奇異地鑽進哥哥的呼吸裡。

「第三種，英雄。」

□

被火拳震到半空中的宮本武藏，顧不得胸口劇烈的氣息翻滾，一聲傲吼。

「雙，龍捲風！」

長刀從高而下，短刀由低衝上，交錯的刀勁捲起兩道狂猛加乘的氣旋。

可怕的氣旋爆開大雨，從兩翼夾住渾身冷汗的烏拉拉。

大腿骨的碎裂重傷，了斷了烏拉拉的速度。

「死不了的，斷金咒！」烏拉拉大叫，血咒疾飛。

就在刀氣龍捲風夾住烏拉拉的瞬間，斷金咒及時捆住全身。

宮本武藏落下，吐出一口熱血。

眼前刀氣縱橫，一聲駭人的爆響彷彿轟在四分五裂的金屬塊上，雨水飛射的珠裡飽裹激動的紅。

咚。

烏拉拉雙膝墜地，兩拳緊握，右前左後擺出拳擊姿勢。

無數刀痕裂進烏拉拉皮膚底，破出熱騰騰的血箭。

宮本武藏怎會是刀下留情之輩，毫不遲疑，砲彈般疾向烏拉拉。

一刀，就要直取烏拉拉的腦袋。

□

「英雄？」

「遇到英雄，你就盡情地戰鬥吧。」

「……被揍得成稀巴爛呢？」

哥哥拍拍弟弟的肩膀。

「沒關係，儘管抬頭挺胸回來。」

□

烏拉拉睜開眼睛。

同時，張開雙掌。

宮本武藏的短刀攢進一片無法直視的光裡。

大明咒。

「不妙！」宮本武藏心中一凜。

視覺被奪取，一個訓練有素的意念在宮本武藏的心中快速擴染。

後面！

一定在後面！

「迴龍釘！」宮本武藏右手長刀穿過左臂脅下，快速絕倫地回刺。

同一此刻，宮本武藏的左手腕遭到沉重一擊。

短刀脫手，衝上天際。

原來烏拉拉根本沒有移動位置，而且做好了正面攻擊的準備。

「火炎咒，雙龍——」

烏拉拉拚盡最後的咒術能量，直接掐住宮本武藏的胸兩側，一口氣爆發出來。

「搶誅！」

兩條狂暴的火龍急竄上武藏的身軀，將他緊緊鎖住，強行飛昇到空中燃燒！

「拜託結束了吧。」

烏拉拉看著大雨中的火龍，一動也不敢動，生怕一動便會昏倒。

紳士瑟縮在民宅屋頂上，淋著雨，暗暗祈禱著主人的勝利。

冷冽的短刀靜靜躺在地上。

被火龍緊緊鎖住的宮本武藏，其實內心異常地平靜。

好久了，都沒有遇到這麼可怕的對手。

明明實力遜他一大截，這小子卻一下子利用他的野獸本能，一下子又利用戰鬥上的慣性，將歷經百年實戰的他揍得團團轉。

這也罷了。

自從擁有武聖的虛名後，便沒有人能夠將他的雙刀震離脫手。

簡直匪夷所思。

但自己竟然沒有什麼憤怒的感覺。

怪了，眞是夠怪了。

□

烏拉拉心中惴惴，目不轉睛看著天空。

就在快鬆了口氣的時候，兩條狂嘯的火龍在半空中突然爆成一段一段的火截。

「好厲害的先天刀氣。」烏拉拉慘笑，這下吃大便了。

宮本武藏咬著長刀落下，雙腳直直插進溼漉漉的地面，震起水花。

渾身刀傷的烏拉拉看著強悍落地的宮本武藏，連說垃圾話的力氣都沒了。

勝負底定。

第276話

這頭野獸所受到的火炎內傷絕對比他外表的燒傷還要嚴重，不過宮本武藏的傷再怎麼嚴重，恐怕都能輕易地殺掉烏拉拉吧……

撿起地上的短刀，宮本武藏打量著眼前這年紀輕輕的獵命師。

看樣子，大概也只有二十初歲吧。

比起那個時候的自己，這個獵命師比他還要刁鑽，還要強。

而且這個獵命師，還是沒有趁這次的狂暴攻擊後逃走。一共錯失兩次機會。

——跟上次那個狗娘養的完全不一樣。

從熱烈的雨縫中看見這一切，紳士流下心酸的眼淚。這次牠不能自私地躍下、與主人同生死，因爲牠肩負著主人的任務交代，要將一個大祕密傳達給烏霆殲。

「喂。」烏拉拉勉強開口。

「？」

「過來啦。」

無言，宮本武藏走近一步。

「再過來一點吧，給你看個好東西。」烏拉拉搖搖欲墜。

宮本武藏乾脆大方走上前，長刀平舉，直到刀尖戳到烏拉拉的額頭。

沒有任何預備動作，烏拉拉莫名其妙往宮本武藏的臉面揮出一拳，直中紅心。

挨了拳頭，宮本武藏腳步不動，連身子也沒晃他一晃，只是靜靜地研究這奇妙的生物。他的長刀直直放在烏拉拉的脖子旁，而烏拉拉維持著剛剛揍出一拳的姿勢。

「如果這一拳是『居爾一拳』，說不定就可以贏了呢。」烏拉拉神情困倦。

這一拳不帶殺意，毫無力量可言。

正因爲這拳柔如落葉，宮本武藏反而沒有反應過來，竟讓這一拳直直命中他的鼻樑，讓他感到一陣蒼白空虛的寒意。

手高高舉起，殺意如蓮匯聚，宮本武藏的刀就要斬落。

「喂。」烏拉拉看著滿臉漆黑的宮本武藏。

「還想揍我一拳嗎？」宮本武藏揶揄。

對不起，哥哥。

我還是無法認同把自己的生命花在沒有意義的戰鬥上。

身為一個吉他手，要死，就要死在搖滾樂的舞台上。

「喂，放我一馬吧。」烏拉拉說。

此話一出，大出宮本武藏的意料之外。

歷經以性命相搏的決鬥數百次，從來就沒有敢厚顏無恥說出這句話的人！

「你說什麼？」宮本武藏睜大眼睛，覺得自己一定是聽錯了。

「我想說，你這麼強，應該很寂寞吧？」烏拉拉毫不扭捏，氣若遊絲地建議：「我潛力無限，又有信心繼續變強，如果你現在一時手癢砍了我，以後再也找不到我打架怎麼辦？霸刀一生，好敵難求……這樣可以嗎？」

宮本武藏闔不上嘴巴，手上青筋暴現。

「爲什麼要說出這種話！虧我還抱著非常尊敬的心情要殺死你！」

打了一整夜，被砍得亂七八糟，烏拉拉好累，實在好想閉上眼睛睡上到天亮——「自以爲勢」，看來也不怎麼樣嘛。

「大哥，都什麼時代了，連你這種古人都從墳墓裡爬出來聽ipod了，生死決鬥的觀念也要改一改吧。我們又沒有仇，切磋一下就傷得這麼重，已經很虧了。」烏拉拉連笑都很辛苦：「拜託啦，我眞的不想死。」

這算什麼？

「閉嘴！我現在就殺了你！」宮本武藏氣急敗壞，舉起刀就要砍下。

「慢！」

一聲豪吼，遙遙出現在巷子的右邊。

「收回你的求饒！成何體統！」兵五常全身是傷，口裡塞滿了巧克力。

一隻寶藍色的靈貓，傲氣十足地站在大雨中，陪伴著主人最後的一戰。

這個拿著十一節棍的武痴，走到巷口邊邊的便利商店吃了一堆巧克力後，便又拖著可怕的傷勢走了回來。

只因爲，他絕對不能接受自己的命，是靠族人的叛徒所施捨的。

「宮本武藏！我們的架，還沒完！」兵五常粗著喉嚨大吼，又從口袋裡塞了一把巧克力進嘴裡大嚼。另一隻手，自然是抓著十一節棍了。

宮本武藏側臉冷冷看著這個手下敗將，對他來說，這種去又復返的模樣才有武者的風範，讓他對這個時代心安了不少。

「他媽的眞是大白癡。」烏拉拉終於無力，斜斜跪下，埋在紅色的雨裡。

宮本武藏一腳踩在烏拉拉的肩上，瞪著他：「你這麼說，對得起你那即使喪命、也要拚命趕回來救你的朋友嗎！」

烏拉拉流出無奈的眼淚，半張臉埋在雨水裡。

「生命多麼美好，硬要死，還不如一開始我就別插手，媽的。」

「你挺身而出，不就是你對他的義氣嗎！」宮本武藏氣得發抖，咆哮：「現在否定你的義氣，那我們剛剛打得這麼精彩，難道是一場笑話！」

「我的義氣，眞不想用在不想活的人身上。」烏拉拉的眼淚無法收止，含糊不清地說：「……即使我現在連話都說不好了，但我還是拚命想活下去啊，活下去多好啊，你們這些老是殺人的戰鬥狂是不會懂的……如果我有下跪的力氣，要我向你磕頭都可以。」

宮本武藏愣住。

毫無疑問，一定要殺了這個男人。

繼續聽他的胡言亂語下去，自己一定會發瘋！

「我跟你打！」兵五常又是一吼。

「你等著。」宮本武藏心亂如麻，但握刀的手卻失去了力量。

難以置信。

這傢伙在哭。

把我打成重傷的傢伙，竟然在哭。

「別哭！不准哭！」

「……我不哭的話，你就不殺我了嗎？」

「我叫你住嘴！」宮本武藏大怒，在空中亂揮刀。

「拜託啦。」

「你有武器，我沒有，這樣眞的很不公平。」烏拉拉很盡力打嘴砲逃命。

眞的是，又哭又愛囉唆！

巷子的左邊，突然有個撐傘的路過人影。

那娟秀的人影怔怔地看著這邊，是個女孩。

女孩怎麼想也沒有想到，會在這裡遇見她日夜掛念的男孩。

雨傘摔落，人影衝來。

宮本武藏的刀不由自主停頓在半空中。

看著烏拉拉跪倒在地的背影，女孩往這邊不顧一切驚慌跑來。

面對這種突發狀況，擅長殺人的宮本武藏根本不知道該怎麼反應，尤其這個女孩的身上不僅沒有殺氣，從腳步的聲音聽來，甚至連一點武功的底子也沒有。

有的，只是驚慌與淚水。

烏拉拉連抬頭的力氣都沒有，女孩跪在烏拉拉面前，雙手打開。

「讓開！」宮本武藏很侷促。

女孩什麼話也沒有說，只是大聲咿咿啞啞，拚命看著表情錯愕的宮本武藏。

「快讓開！」宮本武藏斥道。

一刀往旁邊斬去，一戶民宅屋頂竟給刀氣劈裂。

「啊啊啊啊啊……」女孩淋著大雨鬼叫，猛搖頭，大哭擋在烏拉拉面前。

神谷。

神谷莫名其妙地來了。

烏拉拉在淚水滿面中，忍不住笑了。

他在神谷體內埋下的「朝思暮想」命格，將神谷從遙遠的東京帶到這裡。

帶到神谷朝思暮想的人身邊。

「原來，我的強運……」烏拉拉笑得很開心：「就是神谷妳啊。」

神谷的哭泣，讓宮本武藏整個獃住，思緒回到遙遠的數百年之前。

初戀情人阿通的悲傷笛聲，也挽留不住他好戰的性格，跟他手中的狂刀。在阿通被劫村的浪人殺死的時候，他竟然還在千里之外競逐武聖的虛名。

等到情人阿通的死訊傳到宮本武藏的耳後，他就眞的，只剩下戰鬥了。

只剩下戰鬥了。

若能使時光倒流，宮本武藏還會做出同樣的選擇嗎？

腳底下這個沒有志氣、狂想活下去的男孩，顯然跟他走在不一樣的路上。

刀回鞘。

「我最討厭女人哭了。」宮本武藏轉身就走。

每一步，都踩在回憶的雨水上。

聽聞阿通死掉的那天，也是大雨。

雙手垂擺，宮本武藏與大嚼巧克力的兵五常交身而過。

寶藍色的靈貓全身的毛都豎了起來。

「喂！」兵五常大喝。

但宮本武藏根本就懶得回頭，只是摔下一句話。

「找個女人吧，喪家之犬。」

眾月拱星

命格：集體格

存活：一百八十年

徵兆：老是能跟名人交往的你，我們應該叫你「名器」嗎？即使不常泡夜店，光是在捷運上打個PSP就能與名人邂逅、進而交往。也許你本身不是個追星族，甚至不了解現在與周杰倫交往的人到底是誰，但那些習慣掌聲與讚美的明星們卻常常為你瘋狂。

特質：宿主不見得帥或很漂亮，但總是在舉手投足間散發獨特的魅力，吸引特定眼光的名人，讓那些名人彼此成為表兄弟或表姊妹。

進化：逢龍遇虎

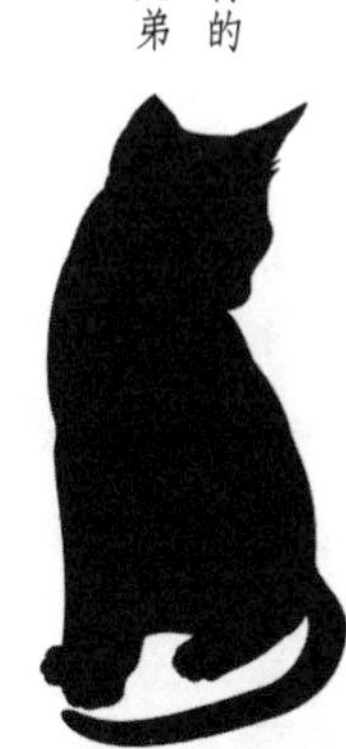

第277話

長夜將盡。

囂張的雨水終於筋疲力盡，從街頭收到巷尾，毫不廢話地落下最後一滴雨。

廉價旅館的雙人小房間，血腥的鹹味塞滿了空調系統。

紮起乾淨俐落的馬尾，捲起袖子，神谷一下子放熱水，一下子擰乾毛巾，一下子幫忙旋開飲料的蓋子，忙東忙西，像個媽媽照顧著兩個硬把自己玩壞掉的男人。

忙碌中，神谷回想起前幾天與烏拉拉分開後，便參加了學校舉辦的關西畢業旅行的情形。說也奇怪，無法言語的神谷在學校一向自閉，畢業旅行這種嘻嘻鬧鬧的場合她是從不參加的，但或許是想起了曾經跟烏拉拉爲了獵取「自以爲勢」來過關西大阪，又或者根本是因爲知道烏拉拉人在關西，神谷竟莫名其妙地繳了報名費，搭上了學校巴士，在根本不熟的同學群中選了個角落戴上耳機。

一到了關西，在飯店放好行李，與同學格格不入的神谷，很自然就脫隊了。

……眞的很奇怪，店裡愛搭訕的怪叔叔來來去去，烏拉拉明明也不過就是個常到店裡看漫畫的白目常客，神谷卻無法抗拒對烏拉拉的意念。

如果只是單純解釋成少女的愛慕之意，也未免太小看了神谷。

毋庸置疑，這個大男孩代表了危險。尤其看過今晚的畫面更可以確認這一點。

他的一切一切就像一只黑色神祕的恐怖箱，裝著駭人的深沉祕密。

越是接近他，就像一步步踏進沼澤的深處，一步步接近潛伏的鱷魚、泅泳的巨蟒、通往地獄的漩渦泥沼，帶再多的裝備都沒有用；而且，根本無法預知自己會被哪一種危險給吞噬。

但男孩也代表了自由。

灑脫的性格，熱愛生命的眞誠，都讓烏拉拉在黑暗的迷霧裡，充滿了光。

那是神谷一直嚮往的，救贖的光。

這股嚮往再見到光的意念，驅動了烏拉拉贈與的「朝思暮想」。而神谷「朝思暮想」的能量，遙遙與烏拉拉「自以爲勢」的能量相呼應。

當所有條件都具備的時候，在最適合的時機，產生最適合的撞擊。

然後，命格彼此滿足了彼此。

男孩遇到了女孩。

烏拉拉在與神谷分開前，用戲謔的表情、認眞的口氣，引述漫畫《二十世紀少年》裡的經典對白，向神谷說：「不要捲入這種事，普通地活下去也很重要。」然後就瀟灑地離開。

現在，烏拉拉卻很滿足神谷的出現。

即使是在自己最糗的狀態。

一根沾溼了的棉花棒，放在烏拉拉缺乏血色的嘴唇上。

「謝謝。」烏拉拉笑了笑。

「……」

「謝謝妳想我，我很高興。」

「……」

神谷掉下了眼淚。

第278話

至於兵五常。

兵五常暫時不去想，自己爲什麼要亂發瘋、跟著這兩個人躲到這間爛旅館療傷——那個連走路都有問題的大逃犯，甚至還是自己幫忙攙扶的。

事實上，也沒有力氣想。

半小時前兵五常力氣放盡，連個薯片都拿不好，還得仰賴神谷將整條美乃滋擠在他的嘴巴裡，強灌他慢慢吞下去。

身邊兩個空空如也的家庭號酪梨牛奶的包裝，與幾條神谷幫忙撕開的巧克力鋁箔包，兵五常虛弱地吃吃吃、喝喝喝，偶爾看著躺在床上的大逃犯在生死邊緣喘息。

把這種英雄末路的疲態攤給別人看，實在不是兵五常的行事風格。

遍體鱗傷的烏拉拉更慘，連坐都坐不好，大字形躺在床上，兩隻眼睛乾巴巴瞪著被黴沾滿的天花板，不敢闔眼。烏拉拉生怕一旦睡著，就再也醒轉不來。

「哼，你們烏家出了你這種子孫……」兵五常背靠著牆，斜眼看著烏拉拉。

雖然斷金咒的效力不夠強硬，但身爲用火爲名的獵命師家族一員，竟能將外族的斷金咒練到瞬間全身裹咒的階段，中間的苦功實在無法想像。

先不論習咒的功夫，光是「決定學習外族的咒術」所捨棄的自尊心，就是兵五常這種武鬥狂不能接受的事情。

「……」神谷拿著剪刀，像上次那樣小心翼翼剪開烏拉拉的衣服。

破碎的衣布下，好多傷口都滲出了體液與血水，與衣服的碎片黏合在一起，如果硬生生撕開，一定會血肉模糊。但如果不撕開，等到傷口結痂癒合後再處理，還是免不了一番皮開肉綻。

一時之間，神谷不知道該不該怎麼辦。

就在猶豫不決的時候，神谷手中的剪刀竟然捲曲起來，一股無形的刀氣從傷口迸出，還切傷了神谷的手。

「……」神谷嚇得臉色蒼白。

蹲在窗口的紳士一聲哀鳴。

宮本武藏的刀氣何其兇猛，竟然不只是在斷金咒護衛的皮表留下傷口而已，銳不可當的刀氣還滯留在烏拉拉的皮膚底下，就像無數條緊繃到極限邊緣的弦，只要被輕輕撥擾，立刻就會發出可怕的斷裂。

不，不只是那樣。

「可怕……你這個通緝要犯竟然能將刀氣裹住，不讓刀氣往內臟裡鑽。」兵五常微微訝異，嘴巴就著吸管，猛喝高熱量的巧克力調味乳。

烏拉拉苦笑。

以他的能力，到了現在已是極限的極限。

「神谷，帶兵五常到洗手間躲一下，不管聽到什麼都別出來。」烏拉拉開口。

神谷不解，但還是轉身扶起了兵五常。

「紳士，你也一樣。」

紳士垂下頭。

「去。」

紳士只好從窗邊躍下，一溜煙鑽進洗手間。

蹣跚走到洗手間前，兵五常看了烏拉拉一眼。

這大逃犯的身體不自然地拱了起來，好像快要被某種力量從裡頭撐破似的。

「快點，我好像快壓制不住了。」烏拉拉咬緊牙關，一滴冷汗從鼻頭冒出。

迸！

一股刀氣從腳底板的傷口掙脫激射，將床前的電視螢幕掃出一條黑色裂痕。

兵五常心知肚明，以這個大逃犯的現狀，根本不可能將刀氣全數逼離身體，此刻一旦解除封鎖刀氣的內力，刀氣一定會沒有方向性地爆開，除了往體外飛射，也一定會將五臟六腑剁成稀巴爛。

迸！

又一條殘留的刀氣從烏拉拉的嘴唇裂開，帶著血水與斷牙噴濺到天花板上。

「喵。」

紳士害怕地縮成一團黑，渾身發抖。

媽的，最不想看到擔心受怕的靈貓了。

兵五常輕輕握拳。

——剛剛「天醫無縫」作用後，還有一點氣力可以導引內力吧？兵五常暗忖。

將快要哭出來的神谷輕輕推到洗手間裡，兵五常搖搖晃晃走到烏拉拉身後，一把將他抓直身體，逕自坐到烏拉拉的身後。

「逃犯，打起精神。」

兵五常勉強抬起雙手，一手緊貼烏拉拉的頸椎，一手按著烏拉拉的背窩。

「喔，你要幫我喔？」烏拉拉痛苦地說。

哪壺不開提哪壺，這個大逃犯就是不肯安安靜靜接受幫忙嗎？

不理會硬要講話的大逃犯，兵五常深深一吸氣，緩緩地將自己體內眞氣灌注在烏拉拉的丹田氣海，而烏拉拉虛弱空洞的氣海一接受到外來眞氣的援助，立刻震動起來。

「準備好了，就慢慢開始吧。不要一次釋放出來，你承受不了。」

傾氣而爲，兵五常的眉心滲出冷汗。

烏拉拉緩緩閉上眼睛，集中精神，觀想體內眞氣運行的經晷。

真不愧是長老護法團，短短時間內就用「天醫無縫」湊足這麼可觀的真氣。

來吧，加上我稀薄的內力，這是我們第一次聯手！

迸！右肩上的刀氣削出。

迸！迸！左膝上的兩道刀氣削出。

迸！迸！迸！迸！迸！左大腿上的幾道刀氣一齊爆開。

迸！迸！迸！迸！迸！迸！迸……

十分鐘後，刀氣盡洩，烏拉拉睜開重若千斤的雙眼。

兵五常鼻息粗重，頭頂隱隱有一股白色蒸氣盤繞，顫抖的雙手緩緩離開烏拉拉的身體。烏拉拉的背脊與頸椎上，都留下淡淡的紅色掌印。

許久，兩人都只是默默的喘息。

沒有了刀氣的迸迸聲，洗手間打開一條縫，神谷像小偷一樣探出頭察看。

紳士焦急地從門縫中竄出，俐落地跳到烏拉拉的面前仔細端詳。

房間到處都是細微的裂痕，好像剛剛有兩幫沒錢買槍的古惑仔在裡頭互砍過似的。兩個傷重男人座下的床墊也不能倖免，空氣中飄浮著無數微黃的棉絮。不過神谷沒有特別驚訝的表情，只是鬆了口氣……既然連火都可以憑空變出來了，「將傷口深處的刀氣給逼出來」這種事，一下子就可以習慣了吧。

烏拉拉啪地倒下，頭陷進兩腿之間。

「喂？」

「你別跟我說話。」

「你人不錯耶。」

「……住嘴。」

兵五常掙扎著要下床，但經過剛剛這麼一折騰，兩腿根本虛浮無力。

「……」神谷伸出手，將兵五常小心翼翼攙扶下床，移到他最自在的牆角。

烏拉拉所有的力氣都用完了，紳士緩緩舔舐主人冰冷的手指，想要幫上點忙。

兵五常看著烏拉拉的背。

沒了瞬間奪命的刀氣，現在一切都得靠那大逃犯自己的「命」了。

不，可惡。

「天醫無縫」雖然是非常罕見的奇療命格，但每件事都有它的代價，有始有終，盈虧圓缺。如果完好如初的「天醫無縫」是在那大逃犯的身上，現在他只要狂吃東西，就一定不會有事，但偏偏自己已將「天醫無縫」的能量消耗泰半，如果現在轉換命格，那就兩個人誰也別想活下去。

偏偏這個「天醫無縫」，這還是那大逃犯沒頭沒腦送給他的！

邊想邊生自己的氣，兵五常發抖的手指連一塊奶酥麵包的塑膠包裝都打不開。

「……」神谷蹲在兵五常面前，幫忙拆開包裝。

連個簡單的包裝都拆不了，混帳，又出糗了。狼狽的兵五常想避開神谷熱切的眼神，卻發覺自己無法將視線，從這位散發母性光輝的女孩臉上移開。

神谷輕啓嘴唇，卻只是發出意義不明的咕噥聲，好像在問兵五常什麼。

「妳是想問，那逃犯的傷會不會有事吧？」

神谷點點頭。

「暫時死不了。」兵五常不想騙神谷，直截了當說：「等一下，就很難說。」

神谷難過地雙掌合十，祈求似地看著兵五常。

「對不起，到了現在，妳就努力相信他吧。」兵五常坦率地說，將奶酥麵包塞滿自己的嘴。滿到，再也無法多說一句殘忍的話。

神谷低下頭，快速擦去眼中的淚水，道謝似向兵五常淺淺笑了笑，這才站了起來，重新回到照料烏拉拉的崗位上。

兵五常慢慢啃著奶酥麵包，看著神谷用熱毛巾擦去烏拉拉唇上乾涸的血漬。

拿著剛剛從巷口二十四小時藥局買來的棉花棒，神谷一邊清理可怕的傷口，一邊擦拭眼角的餘光。整包的棉花棒，很快就只剩下了半包。

熱毛巾溼了又乾，乾了又溼。

眼角擦了又溼，溼了，又擦。

棉花棒沒了。

滿地空蕩蕩的食物包裝。

遠處的天空裙襬，漸漸從深藍滲透出初晨的光芒。

如果那小子要得救，唯一的希望……

進入最後無意識、無節制自動進食高熱量食物的步驟前，乒五常伸出手。

古怪的旋律中，掌底奇光乍現。

第279話

祁連山上，初春雪融。

雪水化進了風，風凍如刀，一道道割在剛滿十八歲的兵五常臉上。

「這算什麼啊……」

頂著阿兵哥似的大平頭，兵五常呆呆拿著由精鋼打造的九節棍，看著站在對面的姊姊，兵儀。

面無表情的兵儀手中拿著一模一樣的精鐵九節棍，重量均等，長度相仿，唯一不同的是，兩人對九節棍的見解一向南轅北轍。

對於這見解的歧異，誰對誰錯，很快就會用生死得到解答。

嚴厲的父親，兵長征，傲氣十足站在三個祝賀者中間。

祝賀者從頭到尾都沒有多說一句話，因為兵家的成年禮，一向不須假手他人。

莫名其妙的故事說完了，時間也到了。

「爸爸很公平，對你們姊弟的傳藝誰也不偏廢，誰的招式使錯了，我兩個一起打。誰偷懶，我兩個一起罰練到天亮。蜈蚣棍法的每一招，每一式，你們都一樣熟悉。」兵長征豪氣十足地站在大石頭上，身旁地上插著條黑色的長棍。

九節棍靠在兵儀細窄的肩上，雙手靈活地將長髮紮好，馬尾。

兵五常呆呆地陷入莫名其妙的詛咒故事裡，無法回到現實。

「開始對打吧！」兵長征朗聲大笑：「活下來那人，才有資格超越我，將蜈蚣棍法的力量推升到新的境界，創造出比九龍九閃更強的招式！孩子們，殺死對方吧！」

輕輕吐出一口氣，兵儀露出自信十足的笑容。

「不要小看女孩子喔！」她笑了。

兵儀的棍，像條飛蛇撲在兵五常的臉上，用清脆的痛苦將他拉回現實。

接下來所有的戰鬥，兵五常想忘也忘不了。

九天連雨。

九龍九閃。

九轉橫殺。

九曲十八拐……

平時與自己一起做戰鬥練習的姊姊，所有的招式，所有的運勁，乃至最基礎的氣勢，都遠遠勝過平日的她。

相似，但強上太多，卻又強得不慍不火。

矯柔綿碎、細水長流的兵儀棍法，將兵五常的張狂之氣悄悄封印，每每兵五常想靠蠻力掙脫這種要死不活的對決局面，都被姊姊不疾不徐的棍法給抹消。

有力發不出，有苦自難言。

「別放棄喔，越是困難就越要冷靜，冷靜，才能感覺到姊姊的呼吸！」

碰碰碰碰碰碰……

「接下來這十招會比較重喔，是男子漢的話就撐住吧！」

碰碰碰碰碰碰……

「你的呼吸亂了！壓低姿勢，找縫隙喘一口氣！」

碰碰碰碰碰碰……

「不要存有僥倖，敵人是不可能被這種雜亂的招式擊倒的。」

碰碰碰碰碰碰碰……

兵儀遊刃有餘，竟開始在出招之際提醒兵五常。

難道這就是實戰與練習的不同？只小姊姊十一個月的兵五常，漸漸無法招架姊姊綿綿不絕的攻勢，節節敗退，全身上下沒有一塊骨頭是完好的。

兵儀的臉上，盛開著滿足的笑容。

「……死就死了，但我絕對不要死在這種表情之下。」兵五常惱怒，置之死地於後生地發起最後的蠻勁。

兵五常甘冒內傷，憋住一口氣，強行用剛猛的棍勢搶出一條縫。

只要一條縫，或許就是轉機！

彈開姊姊的棍，奮力一躍，兵五常抽起九節棍，棍尾巴遙遙映著烈日的光焰。

來了！

「這麼快，就要決勝負了嗎？」兵儀有點失望：「還以為可以玩久一點。」

真氣震動全身精竅，居高臨下的兵五常瞄準底下的姊姊，怒喝：「睜大眼睛看著——九龍九閃！」可怕的棍，空襲警報！

不料兵儀只是抬頭笑笑，緩緩放下最佳的戰友九節棍，率性地解除身上護體真氣，任由兵五常的九龍九閃狂暴地轟擊自己的身體。

兵五常驚駭莫名，腦中一片死白。此時已收勢不及，他只能眼睜睜看著手中的黑棍帶起九道閃電般的波浪，一道接一道敲碎姊姊的五臟六腑，搗裂姊姊的皮骨，眼前一片零碎破散的紅霧。

不知是怎麼落地的，待兵五常回過神時，兵儀軟綿綿的身軀已靠在兵五常的肩上。兵五常全身發抖，心臟緊繃，鼻子裡蓄滿無助的酸楚。

兵儀的呼吸很薄弱，弟弟的胸膛就像岩石一樣堅固，連心跳都像岩石。

「……」兵五常聞到姊姊揮灑汗水後的髮香。

「把頭髮留長，會比較有女人緣喔……」兵儀的手指，輕輕刮著弟弟溼透的背。

「……」兵五常的眼淚奪眶而出。

三名祝賀者垂首示意，緩緩移開視線。

兵長征冷冷地看著兵五常，轉身就走。

這是爸爸最後一次用正眼看他。

第280話

兵五常的體質強韌，只昏迷了三個多小時就甦醒過來。

醒來時，兵五常的喉嚨裡塞滿了難以下嚥的淚塊。

「兵家的棍法，還是傳給男孩子的好……」

靠著溼透的牆，兵五常喃喃重複著姊姊臨死前的話語。

什麼傳給男孩子的好？這算什麼？如果蜈蚣棍法是由姊姊繼承的話，蜈蚣棍法的力量一定可以達到「十三龍十三閃」的境界，那樣的棍法，說不定能打敗宮本武藏吧！

身上的傷已經死不了，但兵五常還是虛弱地不想動，深深呼吸，體內的天醫無縫已經累垮了，至少需要半天的休養才能恢復命格的運作能量。這一深呼吸，兵五常感覺到鼻子上好像黏著什麼東西，伸手摘去，發現是一張寫著娟秀日文的紙條。

「做噩夢了？」顯然是神谷貼的。

兵五常滿臉通紅，瞥臉朝床的方向看。

不修邊幅的闞香愁坐在烏拉拉床邊，自在地吹著口哨，手裡遙控器轉著電視上的節目，不停地隨興切換、切換、切換。

烏拉拉睡得香熟，仔細聽烏拉拉的呼吸雖弱，但底音穩健，似乎已沒有大礙。

「……」神谷笑嘻嘻遞給兵五常一個剛剛買回來的三明治，手指詢問地戳了戳。

一夜未睡的神谷，臉上都是幸福的疲倦。

「嗯，謝謝。」兵五常點點頭，接過三明治。肚子的確又餓了。

此時闞香愁撇過頭，滿不在乎地看了兵五常一眼，隨即又回到他的電視世界。

失去意識前，兵五常釋放出靈貓海洋之心，要海洋之心想辦法找到這個不受任何約束的「獵命師」。看樣子，海洋之心不只找到了闞香愁，而且這個不知道「洗澡」兩個字怎麼寫的髒人，也眞的「出乎意料」治療了烏拉拉。

因爲，兵五常知道闞香愁的靈貓體內，鎖著最驚人的「回天」命格，只要烏拉拉一息尚存，回天就能將他從閻羅王的生死簿裡除名。

至於闞香愁，更是唯一一個，有可能瘋到去幫助敵人的混蛋獵命師。

「不要誤會了。」

「？」

「聽好了。」兵五常咬著三明治，冷冷地看著闞香愁布滿鬍渣的側臉：「我只是不小心欠了他東西，等到我還清了，就會殺了他。」

「喔。」闞香愁回答得不痛不癢。

「我這個人就是這樣，有欠有還……如果欠了死人東西就麻煩了。」

「隨便你啊。」

那種回答，那種要直不直要躺不躺的坐姿，讓兵五常很不爽。

非常非常非常地不爽。

「倒是你，爲什麼不趁機殺了他？」兵五常矛盾地問，態度居然很強硬。

「如果你叫我吃大便，我是吃咧？還是不吃咧？」闞香愁目不轉睛看著電視，咧開一張酸酸的臭嘴，說道：「就算大家一起吃大便，嘻嘻哈哈，我還是想閃得遠遠的咧！」

「我宰了這個大逃犯後，第一個就找你單挑。」

「單挑太累了，我直接輸給你吧。」

兵五常又想回嘴，卻見神谷蹲在他旁邊用毛巾擦拭地上的黃漬。

猛地，兵五常覺得胯下溼得不像話，一股寒意從兩股之間哆嗦上來。

原來兵五常進行無意識大量吃食的時候，體內的新陳代謝比平常要快速百倍，飲料沒也節制地猛喝，尿水一下子就漲滿了膀胱。漲滿了，到了極限，身體自然不會放著不管等它爆炸，於是便順從你的渴望、暢快失禁。

一次又一次的失禁。

放著臭臭的尿水不管怎麼行？神谷當然是一次又一次地擦。

好想死！

宮本武藏幹什麼不在那個時候把我殺了！

兵五常痛苦地閉上眼睛，不敢看神谷擦拭地板的畫面。

實際上並不存在的英國小說家阿茲克卡曾說：「事情一旦開始糟糕，就會糟糕不完，失禁之後必然有脫肛，這是連偶像少女歌手都無法避免的命運。」

所以更壞的狀況正浩浩蕩蕩發生。

兵五常這一吃驚，動了腹部裡的濁氣，一股便意排山倒海而來。看看滿地的食物空包裝，便能想像肚子裡的大便至少有七、八公斤重，如果在這種時候大爆發，兵五常的自尊心一定整個壞掉。

他掙扎著要爬起，目標廁所，卻踉踉蹌蹌摔倒在地，便意加劇。

神谷放下毛巾，伸手來扶，兵五常卻驚駭莫名地拍掉神谷的手。

「鬫香愁！」

「幹嘛？」

「拉我！」

「小姐拉就可以啦？我用了『回天』，可累著咧。」

「快過來拉我！」兵五常滿臉通紅，簡直就快要哭了。

鬫香愁心不甘情不願地起身，走過去拉了兵五常一把，將他扶進了洗手間。

鬫香愁一走，兵五常便一個人跌坐在馬桶上，伸腳將門踢上。不一會兒洗手間裡發出震耳欲聾的噗噗聲響，噗得神谷耳根子也紅了起來，真難想像兵五常現在是什麼表情。

電視機前，闕香愁一邊挖著鼻孔，一邊快速切著遙控器。

洗手間裡的誇張噗噗聲停了，闕香愁不斷切換頻道的手指，也停了。

新聞一台。

「……一週來美國境內多處遭到恐怖份子攻擊，尚未落幕之際，停泊於日本橫濱軍港的第七艦隊亦遭到襲擊，連日國際局勢的不安引起諸多聯想，聯合國今日表達嚴正關切，希望事件能夠早日調查清楚。美國總統獲得國會授權，在一個小時前宣布緊急戒嚴，國會並著手制定公民疫苗法，以對抗恐怖組織接下來可能發動的大規模病毒戰！」

新聞二台。

「……針對橫濱軍港發生恐怖攻擊造成美國第七艦隊重大傷亡，上週才前往靖國神社參拜的日本首相表示遺憾，並指出日本軍方的虎丸號也在恐怖攻擊中沉沒，兩百多名海軍官兵因此喪生。面對國際社會的質疑與壓力，日本首相嚴正駁斥了日本在橫濱恐怖攻擊事件中的嫌疑角色……」

新聞三台。

「……各位觀眾從空中畫面，可看出多尼茲上將率領的第七艦隊第二分隊，所遭受到巨大的毀滅性傷害，沒有一艘軍艦倖免於難。據熟知內情的人士證實，攻擊第七艦隊的飛彈的確是從蘭丸飛彈指揮中心所發射出來的，除了最新的隱形魚雷，還包括四十到六十多枚地對地飛彈，大約在兩分鐘之內就毀滅毫無預警的第七艦隊。究竟這些飛彈爲何會從蘭丸……」

新聞四台。

「昨天開始，世界各地主要城市，如紐約、舊金山、倫敦、北京、上海、台北、多倫多、巴黎、柏林等，已出現大批抗議日本軍國主義死灰復燃的民眾，反戰團體並包圍日本大使館，激烈訴求日本將調查報告早日公諸於世，並抨擊首相必須爲此下台負責……」

新聞五台。

「油價節節高升，已來到三百美金一桶的歷史新高，黃金與現貨價也突破了新世紀以來的高價，國際股市一蹶不振，專家指出國會正在研擬的『公民疫苗法』令人費解，已經引起美國民眾巨大的恐慌，道瓊指數大跌了一千多點，那斯達克指數更一舉跌破了五百多點，究竟什麼時候才能擺脫政治性干擾，目前仍是無解……」

切回新聞一台。

「兩個小時前，北韓主張對日本發動防禦性攻擊，但這樣的聲明已遭到聯合國的強烈譴責，南韓更因此加強部屬了北緯三十八度界線的地對空防禦飛彈，表示絕不允許任何一顆聲稱飛往日本的飛彈越過南韓領空，如果有任何意外的衝突，北韓都將爲此負責……」

切回新聞二台。

「在現在的新聞畫面中，數百萬美國民眾聚集在各大城市廣場前，目瞪口呆地看著巨型螢幕上，政府官員針對『公民疫苗法』發表的解釋。究竟什麼是公民疫苗法呢？究竟公民疫苗法將對美國的社會產生什麼衝擊呢？本台特別邀請到三位法律、國際情勢、與生技專家爲您深入分析，首先這位是……」

闞香愁吹著口香糖泡泡，打了一個嗝。

「好好笑啊，這個世界喔……」

金排球

命格：集體格

存活：一百二十年

徵兆：你可曾注意到，你的笑話沒人笑？你可曾注意，當你很努力耍幽默、想將尷尬的氣氛炒熱時，卻往往將眾人推向斜線地獄？當大家都在告別式上哭成一團時，你竟然會衝到遺體旁猛搖死者，大叫：「喂！阿鬼醒醒！醒醒啊阿鬼！老師已經在點名啦！」……別擔心，別害怕，只要口袋裡有錢，請撥打這隻電話0940-090-000（你就素冷，你好冷，冷冷冷），會有專門的獵命師到府為您摘除！

特質：命格吃食宿主周遭的尷尬氣氛茁壯，絲毫不管宿主的感受。在戰鬥時使用此命格，敵人會情不自禁打起冷顫——不過絕對不會使你變強！

進化：冰凍三尺

（朱芳青，台北永和，已經課以吃掉的十九歲）

〈點燃灰色陰謀的引線〉之章

第281話

東京，晚風嗚咽著這國度即將面臨的命運。

黯淡的月光灑在廢棄的、即將在下個月拆除的百貨大樓上。

老舊的水塔蝕了一個奇怪爪樣的大洞，地上坑坑疤疤。

莉卡站在百貨公司頂樓天台上抽菸，比約定的時間還要早一個鐘頭就到了。

第三根菸燒盡，第四根菸冒出火星。

從這個高度可以避開所有的城市電眼，擺脫所有可疑的跟蹤，也能獲得短暫的寧靜，讓莉卡奢侈地在腦海裡勾拾回憶。

只有在這樣一個人的時候，莉卡才會想起她另一個名字。

想起俄羅斯的冰天雪地，想起安全第一的鐵血之團。

想起所有被藏在冷漠背後的快樂，想起所有失去快樂的冰封冷漠。

想起，那個默默無語，用軍刀承受龐大誤會與瘋狂憎恨的男人。

幾年了，薩克睡得還好吧。

每次想起那男人卑微的願望，莉卡的眼睛就會出現寂寞的顏色。

有人說，眼淚是靈魂的血。

請Z組織幫她毀容的時候，莉卡刻意請執行手術的醫生團隊將控制淚腺的神經一併破壞，好讓她的感情變化埋得更深，更讓她的膽怯埋得無影無蹤。

但失去了淚水，很遺憾，卻沒有奪走莉卡的情感。

將菸隨意往後一拋，莉卡抽刀，迴身反手一「甩」。

嗡。

燃著火光的菸頭在與刀鋒接觸之前就被風壓搗熄，寬厚的刀鋒從中削破，在空中爆出紅蟲般的無數菸絲。菸絲四散，如最後的煙火。

嗡。

莉卡的長刀平整指著水塔，一股寒氣吹進了塔裡怪洞，刀身隱隱有金屬低吼之聲。

流動月光的晚風一吹，軟弱無力的菸絲消散。

「還得更快才行。」莉卡迴甩長刀，有點不滿意剛剛的速度。

還得更快，更快，才能敲進「刀氣」的境界，讓甩擊更有威力。

屏氣凝神，莉卡輕輕振動身體，在律動中甩出一道渾厚的流星。

嗡。

嗡。

嗡。

雖然沒有超越空間的刀氣，但刀質渾厚剛猛，奇怪的嗡嗡聲響潮滿了頂樓天台，風壓大得驚人，莉卡躍動身體的節奏卻越來越快。

爲了避免吸血鬼對她的身分產生懷疑，這幾年她除了持續鍛鍊鎖鏈刃球的威力，更添加了另一個拿手兵器——比一般長刀還要更長三分之一的武士刀。

半路學習另一種兵器，身體不由自主將原本使用鎖鏈刃球的習慣帶進武士刀裡，連武士刀的設計也與眾不同。除了刀長，刀刃的厚度從刀柄漸漸厚至刀尖，重心上移，揮刀軸距擴大，讓莉卡快速上手，把武士刀當作無法變更長度的鎖鏈刃球用。

這一練，竟也另闢蹊徑。

莉卡的拔刀術有別於傳統日本武士刀的居合術。

居合術以豪邁的腕力爲主，肌肉爆發的速度取勝，在拔刀的瞬間銳步傾身、果決縮短與敵人之間空間——乾淨俐落地一刀決勝負。

這是刀速。

莉卡的拔刀卻是後發先至，以擺盪、傾斜、甚至破壞身體的平衡，達到在甩擊末端加速的效果。這樣的甩刀攻擊反而必須與敵人保持一定的距離——一擊不勝，再接再厲，狠狠壓制敵人的招式。

這是刀質。

練到第六十四刀時，一顆蘋果從左側平空飛來，在劇烈的風壓陣中陡然一滯。

「……」莉卡瞳孔一縮，收刀輕輕往後一躍，警戒地看著四周。

蘋果不知何時已爆開，果肉泥碎。

一個穿著黑色緊身衣的年輕女人，大大方方站在破了大洞的水塔上。

緊身衣靠近灰色頸子的縫口，有個銀色的小小Z字。

第282話

女人眨眨眼睛，灰色的瞳孔顯得有些空洞，不管莉卡看了幾次都不習慣。這怪了，正在揮汗練刀的自己，感官能力應該會更敏銳才是，怎麼可能讓這個女人這麼接近自己還沒有察覺呢？尤其早已知道Z組織會在約定的時刻派遣特務跟自己密談，事先有了心理準備，卻還是讓這個女人「滲進」了自己的三尺之內。

眞不舒服的感覺！

「眞不愧是適應良好的臥底——眞厲害的刀法，僅僅八年，妳的刀就達到這樣的境界。」灰色的女人嘖嘖，緩緩蹲了下來：「再不久，就能追上妳的鎖鏈了吧？」

「無聲無息，是怎麼辦到的？」莉卡瞪著她。

蹲在水塔上的灰色女人沒有什麼存在感，好像一團著了些許水彩顏色的空氣。察覺到莉卡的不悅，灰色的女人反而笑了出來，那聲音標示了她的存在：「別害怕，這種能力不可能傷害到妳的，至多，只能輕輕鬆鬆地接近妳罷了。」

「Z組織跟我緊急約見面，只是爲了讚美我的刀？」莉卡言歸正傳。

早已將東京地下皇城七成五的兵力佈置圖交給了Z組織，但Z組織似乎還沒有發動綁架徐福的實際作爲，讓她頗爲不悅。現在局勢越來越緊張，如果東京血族的兵力因此重新配置或加重，調查的工作就得重新來過。

「當然不是。我身上這個隱匿氣息的能力，就是凱因斯要我拿給妳的好東西。喏！」

灰色女人拿出幾管發出奇異光彩的微量針劑，往下一丟。

莉卡接住。

「這是命格藥水，凱因斯管它叫『隱藏性角色』，只要注射進妳的體內，就能幫助妳在地下皇城裡行走自如，就算是被看見也等於看不見——不過妳得盡量保持平淡的心境才行，如果動了殺念，在那瞬間就會被發現喔。」

莉卡仔細端詳手中的藥水，這個世界上竟有這種亂七八糟的東西。

不，應該說，Z組織竟然能將只有獵命師才能自由操縱的玩意兒，做成這種廉價藥水，簡直匪夷所思……

「這東西有時間限制吧？」莉卡將視線從藥水移到水塔上方，卻花了兩秒才將視線定焦在灰色女人的身上。

眞是讓人不安的能力。

「注射後差不多就會立刻作用，運氣好的話，大概可以維持一個小時的效用，不過誰知道呢？」灰色女人聳聳肩，說道：「記住，這命格藥水可不是正常拿來吃的東西，即使脫離了實驗階段還是很不穩定，如果運氣不好拿到根本沒有作用的藥劑，莉卡，妳可得跑快點。」

如果是Z組織，一定能將鎖住徐福的結界破壞，將徐福五花大綁到實驗室吧？

莉卡將這幾管命格藥水放進腰袋，心中已打算要利用這幾管藥水潛進地下皇城深處，想辦法在命格藥水的能力過期之前，找出困住徐福的結界位置——翦龍穴。只不過地下皇城錯綜複雜，花了八年的臥底，也不過拼湊出七成五的大概，像無頭蒼蠅一樣地瞎找，結果不難想像。

「不過莉卡，妳現在很執著要拿到東京十一豺的身分吧？」

「傳說在入選東京十一豺之後，徐福會親自在入選者的脖子上咬一口，以激發入選者的戰鬥潛力。」莉卡不否認，很認眞地說：「如果能躋身東京十一豺，我就能接近徐福，親眼確認他的狀態。」

「不過在那之前，妳必須在殺死獵命師的遊戲中得到勝利才行吧？」

「殺死獵命師，很不容易。」

莉卡想起上次那兩個被自己與Z組織一流刺客圍攻的獵命師，眞是好本領，竟能在那種連綿不絕的攻勢中勉力支撐，最後出現的那個老者更是壓倒性地強，如果不是自己逃得快，恐怕也會跟那些Z組織刺客一樣，被雷電掃成焦炭。

「凱因斯說得對，妳需要這些。」

灰色女人將掛著一排命格藥水的腰帶丟下，莉卡接住。

「一管是叫『斬鐵』的命格，簡單說就是讓妳瞬間變強。一管叫『無雙』，能夠強化妳的關鍵大絕招。一管叫『無懼』，在危急時刻幫助妳冷靜判斷情勢。每管兩份，不過品質同樣不是很穩定。」灰色女人諄諄告誡：「小心藏好這些珍貴的東西，如果被那些賊吸血鬼發現就不妙了。」

「有副作用嗎？」

「當然。」

「……」莉卡皺眉。

「我怕妳會上癮啊，到最後不依賴命格藥水就不會作戰了，嘻嘻。」

無聊。

莉卡從不問Z組織是如何進行這些光怪陸離的研究，與那些研究背後的目的。事實上，Z組織在研究上的種種卓越成果，讓莉卡對逮到氣若遊絲的徐福後、萃取出牙管毒素裡的「吸血鬼解藥」的成功率，感到很安心。在這個前提下，Z組織就算將小型核子彈裝嵌在小孩子的體內，再遙控按下按鈕，莉卡也不會感到些許不安。

她發過誓，這輩子她只想再做對一件事就可以了。

即使這個世界被月球大的隕石碾過，她也無所謂。

「我們隨時保持聯繫，組織會盡力供應妳所需要的命格藥水。」灰色女人拿出手機，看著上面的顯示資訊說：「妳該走了，我們已經查到了一個獵命師的下落，在往東的七個街口外吃東西。還有一個獵命師在往北三個街口外走路。他們似乎是兩人一組分頭行動，彼此用手機保持連絡。那個區域都是監視器，妳在那裡動手會被特別V組的城市電眼看見，會直接成爲妳狙殺獵命師成功的證據。」

「知道。」

接下來該怎麼做，莉卡已經有了完美的想法。

在一對一的情況下將最近的獵命師給殺了，然後躲起來，再用死去獵命師的屍體吸引趕來支援的獵命師——最後抓好距離，用偷襲的方式殺掉第二個獵命師。這樣的戰功，應該足以讓她晉身新東京十一豺吧。

「記住，獵命師的貓不要宰了，我們的人會在暗處將貓捕獲，作爲命格的後續研究與複製。」灰色女人緩緩站了起來，差不多要走了。

莉卡將命格藥水藏在衣服暗袋，將刀斜揹在肩，準備就緒。

「對了，最近橫濱發生的恐怖攻擊事件，是Z組織搞的鬼吧？」

灰色的女人笑了笑，右拳放在額頭前。

「妳應該說……『我們』吧？」

月光越來越憔悴。

莉卡沒有笑，只是往高樓下輕輕跳了下去。

等等我，薩克。

絕不豪洨

命格：情緒格

存活：一百五十年

徵兆：打從命格名稱就是在豪洨！拄著拐杖的老婆婆問你怎麼去醫院，你明明知道該往右邊，卻不由自主將手指比向左邊——靠，這是什麼心態！歹徒拿著槍壓著你去提款機、逼問密碼時，你連續講了三次都無法好好回答，害得歹徒氣得差點斃了你再自殺！……當然啦，你的成績也不會太好，根本就是很爛，因為你明明知道答案是什麼，卻常忍不住挑別的答案寫，可以說是你的報應吧！

特質：其實要忍住實話不說可是需要極大的勇氣，命格就是吃食宿主這種謊話連篇的力量逐漸壯大。如果宿主將豪洨的技術練到登峰造極，命格將產生可怕的進化！

進化：騙神、不可詩意

（楊壹任，高雄梓官鄉，真不想知道學測兩個字怎麼寫的十五歲）

第283話

熱鬧的地方不只一處。

事實上，正當五角大廈的七〇四室不斷召開軍事會議的同時，東京的地下皇城裡，牙丸禁衛軍的長老大臣也是一片焦頭爛額。直屬血天皇的白氏貴族看事態嚴重，也有幾名長老表示希望加入禁衛軍的會議以便了解狀況，但全都被牙丸無道給擋了下來。

理由是：能夠做出決定的牙丸千軍還沒有消息。

「長官，白氏貴族們又來了。」屬下通報。

「知道。」牙丸無道鋼鐵般的聲音。

對政治一向不感興趣的阿不思，到了此時也無法置身事外。

「情況這麼糟，需要在這個時候請示血天皇的意思嗎？」阿不思打了個呵欠。

所謂的血天皇指示，不過是從密洞中傳出的聲音；那聲音必須由兩位白氏長老共同判讀後，才能確認爲徐福的終極指示。數百年來都是這般，無人敢有異議。

「不必勞煩他老人家——這種艱難時刻，正好顯現我們牙丸氏的價值。」牙丸無道目不轉睛，看著監視器畫面中逐漸接近的白氏長老們。

「我可以不去嗎？」阿不思翻著手上的「公民疫苗法」全文，又打了個呵欠。

「嗯，妳留心蘭丸跟京都方面的報告吧。」牙丸無道起身，走向公眾會議室。

自古以來，牙丸氏與白氏從來互不欣賞。

牙丸氏的人數眾多，系出徐福當初帶來日本的親兵部隊，幾乎都是肉搏戰的高手，牙丸戰士偶爾會與後天吸血鬼雜交產生更強的新血，如果後天吸血鬼表現出眾，也會被賞賜「牙丸」姓氏，藉族群認同擴充自身的實力。

兩千年以來，幾乎已沒有血統純粹的牙丸戰士，爲數龐大的後天吸血鬼已實質取代了牙丸在血統上的意義。

但如此擴充族群的做法看在自恃貴族的白氏眼中，簡直是自降身分的蠢舉。

白氏認爲肉搏戰是最下格的戰鬥方式，一點也不優雅，爲此喪命更不值得，所以專注開發精神世界，講究控制敵人的腦部意識，強制灌入可怕的幻覺殺死敵人。

白氏的血統極為純粹，吸血鬼彼此交配產生後代的機率很低，又不屑藉咬人增加同伴，於是白氏的數量越來越少。物極必反，白氏更以族群的數量稀少沾沾自喜，認為這就是貴族的基本價值。

千年以來，日本血族的內部分工，由牙丸戰士負責九成九的實質戰鬥，而白氏則惜戰如金，只為血天皇徐福一人出力。不管是哪一方，一逮到機會就想在徐福面前壓倒另一個族群。而信仰「力量就是權力」的徐福，從不阻止兩大族群相互爭鬥，反而十分樂見兩族在彼此爭鬥中提升各自的力量，越鬥越強。

七百年前，蒙古大軍兩度渡海攻日，氣勢驚人。

雖然蒙古大軍在颱風吹襲、日本武士軍隊的全力抵抗下覆沒，但吸血鬼政權的唯一首領——徐福——仍被潛入地下皇城的獵命師刺客殺成重傷、並被咒語封印在強大的結界裡，無法正常執政。

由於在奇襲事件後某血族高層當機立斷的決策，當初重創地下皇城、封印徐福的「獵命師一族」的史料被當成最高機密，束諸高閣。七百年了，自沒有吸血鬼敢白目自揭瘡疤，但最後竟然幾乎沒有幾個吸血鬼了解他們的宿敵獵命師。

巧合的是，獵命師一族再沒有試圖用侵入的姿態進入日本。

久而久之，獵命師被當作一群武藝高強的吸血鬼獵人。如此而已。

徐福自權力的核心轉到幕後，從此日本血族政局有了重大的轉變。

有人說，徐福從此被困鎖在皇城底部，一處名爲「翦龍穴」的神祕地方。翦龍穴位於當初封印徐福的京都城底，知道位置的人不過寥寥數人，翦龍穴的周遭有一百大血族高手、一百頭變異怪獸護衛，耐心等待徐福重新出關。標準不負責任的傳奇式說法。

有人言之鑿鑿說徐福早已強力突破了結界，只是在突破結界的過程中受了更重的傷，難以回復元氣，所以數百年來避不見面，僅僅用傳話與默許的方式決定重大的政策。在這個說法裡，也是有個叫「翦龍穴」的地方，但並非深藏京都，而是位於現代東京的地底。這個說法算是從黑暗的角度解釋了自十五世紀後、日本將國家發展的重點從關西遷移至關東，甚至遷都東京的歷史原因。

沒有人確切知道徐福的狀態，然而不管徐福究竟是突破了獵命師的結界遷居東京，還是依舊被壓制在同歸於盡的結界裡——唯一確定的是，徐福肯定狀態不佳！否則在第一次與第二次世界大戰，日本對東亞、東南亞各國發動侵略戰爭的時候，爲何不見徐福的陰影！

儘管有諸多揣測，徐福始終是日本吸血鬼唯一效忠的對象。也唯有這樣的絕對效忠，才能維繫住兩大派系不分崩離析。牙丸千軍是極少數，能夠獲得兩大派系認同的絕代人物。他有戰士的鬥魂，與懾服群雄的氣魄，年輕時他與大家一起浴血作戰，年老時他也不忌諱捲起袖子衝鋒陷陣，從不倚老賣老。

牙丸千軍也有風華絕代的武人優雅，能夠與貴族講談茶道，他謙卑的笑容贏得許多白氏貴族的好感，暗中幫他紓解了許多反對他的內部壓力。他在尊重白氏之餘，也不會失去同族戰士對他的敬仰。

在二戰過後，他周遊列國拜訪各方政要，奠定許多的政治情誼。現在在這個緊掐的當口，牙丸千軍失蹤了，謠言四起。權力，頓時集中在最想獲得權力的人身上。

戰爭一觸即發，白氏貴族對牙丸無道早有不滿，不趁機刁難，更待何時？白氏德高望重的五位大長老之三，年紀總加起來超過兩千歲的白無、白喪、白常，帶著幾位白氏小輩來到禁衛軍的指揮中心，質問牙丸無道。

首先代表發言的，竟是年輕氣盛的白響——完全不給牙丸無道面子。

「這麼說，牙丸千軍只要一天不見，我們就一天無法參與決策？」白響冷眼。

「我會竭力穩定情勢。」牙丸無道說話，眼睛卻沒有看著白響。

「這是什麼意思？」白響皺眉。

「請給我多一點時間，東京十一豺已在橫濱尋找牙丸千軍前輩的下落。若千軍前輩始終不見，一定會請各位參加會議。」牙丸無道態度恭謹地說：「在那之前，我希望能在各位前輩的協助下穩定血族內部的情勢。至於對外，我們已經派遣『神道』接觸美國的血族盟友達克幫，透過達克幫的仲介，相信很快就能跟美國政治界展開祕密會談。」

牙丸無道的動作很快，也沒有什麼可議之處。

「禁衛軍的權限到哪裡，你心底可有個譜？全面戰爭這種東西你們幾十年前就嘗試過了，敗仗的滋味我們可不想再受。」白響咄咄逼人。

「是，我心底明白，沒有人希望發生戰爭。」牙丸無道的眼睛還是只看著白無、白喪、白常三位大長老，弄得白響快要發作。

「昨晚京都地底下的皇城血庫被獵命師殺得一塌糊塗，結果一個都沒有抓到？這未免也太不可思議了，什麼時候京都的實力變成這麼稀薄？」白響。

「敵人有備而來，實力不容小覷；敵在暗，我在明，難以防範。」牙丸無道不卑不亢，說道：「但打仗有輸有贏，這次他們弄髒了我們的家，終有一天要他們人頭落地。」

「說的好聽，據說昨晚埋在京都的樂眠七棺被盜走了一個，是否也是那群獵命師幹的？」白響冷言以對。

「樂眠七棺是隸屬牙丸禁衛軍的戰士，我們自會調查清楚。」

「如果獵命師是想刺殺血天皇，那麼我們白氏就很有理由停止袖手旁觀！」

「如果諸位想一起追捕在境內活動的獵命師，牙丸禁衛軍當然很歡迎。」

「這話可是你說的！」

「如果白氏想重蹈覆轍插手對付上官的舊事，此際我也無力可管。對血族來說，眼前最重要的事，就是釐清衝突事件的眞相，與美國交涉和平。」

「好個交涉和平！」

一來一往，互不相讓。

其實在牙丸無道的心裡，牙丸氏與白氏數千年的權力之爭從來就無關緊要，只不過是他拿來獲取更大權力時，可堪利用的矛盾。偶爾擺點順從的樣子，對牙丸無道來說是輕而易舉，但面對白響這種小輩，如果太過謙遜了，反而會被白氏長老給瞧不起。

牙丸無道很清楚這點。

不讓氣急敗壞的白響失言，年長他五十歲的白刑往前踏出一步。

「讓我們先把話說清楚，人類的勢力擴展空前強大，如果眞要全面戰爭，日本非化爲焦土不可，屆時即使我們仍存活下來，失去了奴役的食物也沒有意義。」一向冷靜的白刑說得很明白：「如果牙丸武士再不能緩和戰爭一觸即發的情勢，也找不到牙丸千軍的下落，那麼我們白氏將籌組議會，插手禁衛軍對外的所有事務，防堵戰爭。」

「知道。」牙丸無道微笑。

白氏貴族離開的時候，白無回頭瞥了牙丸無道一眼。

那眼神彷彿在說：沒有血天皇跟我們的同意，牙丸別想藉著什麼發動戰爭……

第284話

白氏貴族走後，牙丸無道回到禁衛軍的決策中心。

決策中心氣氛稱不上肅殺，但也未免靜得讓人不想說話。

幾個戰術參謀、學者教授、國際情勢專家圍著阿不思坐。

阿不思十分專注翻著「公民疫苗法」文本，偶爾低頭沉思，偶爾看著條文發呆。雖然有個愛亂殺人的缺點，不過阿不思是個心思敏銳、有幾百年聰明腦筋的吸血鬼，她若沒開口問，無人敢主動解釋這些條文背後的意義。

牙丸無道沒有說話，坐在沙發上閉目養神。

「凶多吉少。」阿不思突然開口。

牙丸無道睜開眼睛，視線從地面溫溫緩緩地移到阿不思的鞋上。

「……指的是？」

「我師父。」

牙丸無道瞇起眼睛。

「這個世界上，有可以殺死千軍前輩的人嗎？」

「天底下並沒有眞正的不敗，問題是，你怎麼將他打敗？」阿不思引述一部老電影的對白，但語氣間並沒有流露出師父被殺的感傷。

對阿不思來說，她師父活的也夠久了。

如果是死在打鬥上，不管這場打鬥的形式或場合，甚至公不公平等，牙丸千軍都該滿足地闔上眼睛吧。反正既然是敵人，血族遲早要討回這筆帳，牙丸千軍死前也一定是這麼相信。

「如果連妳都這麼認爲……」

「我們應該在假設牙丸千軍已經被殺死的情況下做出策略。」阿不思冷靜地說：「我們還需要更多與人類政權接觸的管道，越多越好。」

此時，決策中心的巨屏螢幕出現訊號。

優香的倩影出現在巨屏螢幕上，身後是聯同優香一起前往蘭丸飛彈指揮中心調查的牙丸武士，個個都在偷瞄優香動人的線條。

「啦啦啦啦啦啦啦，總算是搞懂了，蘭丸飛彈指揮中心並非遭到侵入——至少表面上看來不是這樣。當時將飛彈不、小、心、發、射、出、去的幾個人都是相當忠誠的自衛隊成員，但事後大家對爲什麼要發射出飛彈都沒有記憶。」優香刻意頓了頓，才拖長了音補充道：「注意喔！是一、點、都、沒、有、記、憶、喔！」

「特別V組的城市電眼有拍到附近有什麼異狀嗎？」阿不思。

「沒有異狀。」優香甜美地笑了笑：「不過，如果是像我這種善解人意的資優女忍者，要避開所有的監視器侵入蘭丸，也是不無可能啦！啦啦啦啦啦啦！」

牙丸無道與阿不思對看了一眼。

要將血族飛彈對準第七艦隊射出去如此「瘋狂」的事，至少需要通過五道程序，互相確認才能成功。如果沒有叛徒，沒有入侵，也就是說發射飛彈五個環節的負責人員一起發了幾分鐘的瘋——那意味著什麼呢？

「妳的想法呢？」牙丸無道。

優香抓了抓頭，說：「我看啊，多半是遭到了控制，催眠之類的吧。」

「控制能力？」阿不思皺眉，她最討厭不是拳來腳往的戰鬥了。

優香想起了那朝思暮想的「野獸情人」，脫口說出：「會是獵命師嗎？」

「白氏也有這樣的能力。」牙丸無道淡淡回了一句。

阿不思不置可否，也許她該找宮澤討論一下狀況。

不過在那之前，她得下個殘酷的命令。

「殺死那些發射飛彈的成員——在不懂他們是如何遭到控制之前，他們還是可能處於被控制的狀態，那樣太冒險了。」阿不思若無其事說：「然後請自衛隊那邊派新的人進駐蘭丸。」

「知道了，立刻就去殺光光。」優香欣然應允，結束通訊。

阿不思嘆了口氣。

要不是這麼忙，自己親自過去殺幾個人也是好的。

巨屏螢幕再度有了訊號。這次是關西禁衛軍的特別編組「關西八絕斬」中的「三絕斬」哭梟，協同京都特別V組的調查回報。

除了精通刀法，哭梟在加入八絕斬之前，是個精通現代兵器的自衛隊武術教官，也曾參與DELTA美國三角洲部隊、KSK德國特種部隊的軍事特訓，由他負責調查京都樂眠七棺被盜事件非常合適。

「說吧。」牙丸無道。

「已經確認了，京都樂眠七棺的封印地的確已被不明人士破壞、盜走石棺，還把守棺的十六個禁衛軍高手都被殺了，由於屍體被刻意破壞過，所以敵人怎麼動手的根本看不出來。」哭梟坐在一片狼藉的失棺之地，遺憾地說：「就算服部內之助在這裡也會一頭霧水，因爲屍體簡直是被強酸完全溶解。」

「……」

「值得注意的是，這守棺的十六大高手都被殺掉，事後我們檢查警報系統卻沒有失靈，可見不只一人潛入且非常有默契地同時發難，讓這十六大高手連啓動警報的時間都沒有。」哭梟鄭重下了判斷：「就算將每名侵入者以我的程度計算，至少也得四到五人才勉強有這樣的快動作。」

「一百個入侵者也無所謂，失棺現場還有什麼特殊之處嗎？」阿不思操縱手邊的電腦，看著京都版本的樂眠七棺工程圖。

此棺深埋於京都通往嵐山方向的奧嵯峨野，地下四公里處，但並沒有「垂直的通道」

往上。唯一的出入口在京都祇園，一般人在這兩處通車至少也得花上五十分鐘。兩者之間沒有鋪排血族鐵道，只有一條史前洞穴似的昏暗甬道，血族得花三個小時跋涉。

這樣的設計令安棺與移棺的過程都是工程浩大，但即使遭到武力入侵，至少有一個小時讓禁衛軍反應、攔截。保守，但很安全。

「研判入侵者自京都祇園的入口天井一路拆掉電子儀器，以既快又安靜的方式來到奧嵯峨野，再循原路安靜離開。」哭梟：「要將那種石棺抬走，少說也得用十二隻手吧，也算印證了入侵者數目不只一人——而是一個訓練精良的特種部隊。」

「嘖嘖，樂眠七棺這麼隱密的地方也會被找到，當眞不可思議。」阿不思還有興致說風涼話：「要不是我們的老祖宗有先見之明把七口棺材分開來放，豈不一次被盜光光。」

「敵人把樂眠七棺之一偷走，究竟是爲了什麼？」牙丸無道看著阿不思，不解：「如果是想削弱我們的戰力，應該直接把石棺炸掉、殺死裡面的怪物才對，這麼大費周章把成噸重的石棺運走……」

「除非他們想要將那隻怪物收編？」阿不思合理猜想。

「如果是那樣，他們肯定選錯了棺。」牙丸無道冷笑：「那個心高氣傲的人，從來只有他指揮別人，怎可能爲別人所用？」

「那石棺的封印之處在樂眠七棺中，算是入侵難度的第一名。」阿不思看著電腦螢幕上的工程圖，嘆道：「如果不是敵人只知道那個石棺的位置，就是有特殊的目的。」

哭梟其實不知道那石棺裡到底封印了誰，等兩位長官結束談話，才又接著補充：「對了，盜棺發生後宮本武藏曾來過一趟，看來他本想自行開棺，卻發現被人搶先一步才悵然離開，大概是想找對手較量一番吧。老實說，要不是宮本武藏觸動了警鈴，我們不知道什麼時候才會發現石棺被盜走。」

阿不思眼睛一亮。

「較量？那白癡選錯了棺吧？」牙丸無道。

「他只知道那裡有棺，不知道那棺裡睡的是誰，他就是這麼白癡。」阿不思笑得前俯後仰，想起了她與他亂七八糟的那一段。

「宮本武藏離開後，監視器發現他曾在巷道與兩名獵命師交手。」哭梟。

「結果呢？」阿不思忍住笑。

「宮本武藏將兩名獵命師殺成了重傷後，就離開了。」

「沒殺掉對方嗎？」

「畫面上看起來是饒過了。」哭梟聳聳肩，表情似乎很不認同。

喔？這實在是太稀奇了。阿不思莞爾，眞想知道當時是什麼狀況。

「檔案已經傳送過去，可以看出與宮本武藏交手的獵命師，就是昨晚入侵皇城血庫的三名獵命師中的兩位。」哭梟振眉，肅然說：「八絕斬已經全部出動，在京都裡搜查大亂皇城血庫的獵命師。」

何止大亂皇城血庫，簡直是在裡頭展開對血族的一場大屠殺。

強如東京十一豺，每次遭遇獵命師總有折損，先是被奪取異能力的狩，再來是整隻報廢的阿古拉，接著是差點回不了皇城治療的大山倍里達。

八絕斬？莫要變成八具屍體就萬幸了。

「依你看，會是獵命師盜走樂眠七棺的嗎？」阿不思懷疑。

她心想，依據解密的卷宗看來，宿敵獵命師對血族的了解頗深，配合玄到極點的命格，說不定眞掌握了部分樂眠七棺的位置。如果有兩組獵命師分頭行事，一組專司在地下皇城內大鬧特鬧，將京都禁衛軍的注意力引開，再由另一組獵命師潛入樂眠七棺位置將石棺盜走，也是不無可能。

不等哭梟回答，牙丸無道冷冷地回了一句：「白氏也清楚樂眠七棺的位置。」

阿不思又笑了，隨口問：「我的前男友，現在在做什麼？」

「據特別V組一個小時前的回報，宮本武藏正在東山區祇園南側的茶寮都路里吃甜品，幾乎把菜單上的甜品都點過一遍，一邊看著井上雄彥畫的《浪人劍客》，似乎很好奇世人對他的評價與想像。」哭梟露出不屑的表情：「要繼續嘗試與宮本武藏接觸嗎？」

「隨你們高興。」阿不思哈哈大笑，點了一根菸。

結束通訊。

參謀等各方專家們紛紛低頭交談，交換意見。

「自從殺胎人那小小的騷亂開始，然後是類銀……這個國家就陷入一連串的災難。宿敵獵命師的入侵，跟這些災難絕對脫離不了關係，但如果他們只是想要解除烏禪的詛咒，這種搗亂的程度也未免大費周章，只會增加地下皇城的重兵部署罷了。」牙丸無道的表情，比最堅硬的鋼鐵還要硬：「事情不能只看表面，我總覺得有一股捉摸不定的陰冷力量在某處嘲笑我們。」

「要打開其他的樂眠七棺嗎？」阿不思抽著菸，蹺著腿。

「……」牙丸無道深思。

「只要全部打開，說不定所有的障礙都會迎刃而解喔。」

阿不思的笑容，隱藏在不負責任的菸霧裡。

活馬當死馬醫

命格：情緒格

存活：一百三十年

徵兆：常因為一些芝麻小事懷疑自己得了重病。例如手中的筆掉了，就懷疑自己是否腦部受創、導致神經與肌肉之間無法正確傳導訊息。一旦被家裡養的狗抓傷，就會跑去醫院打破傷風。只不過是平常的中暑，就很擔心自己是不是嚴重貧血或白血病。尿稍微黃了，就質疑是否血尿。

特質：命格吃食宿主過剩的疑心病茁壯。常駐醫院的你，對各種疾病的徵兆瞭若指掌，對每個醫生的背景與技術都做過鉅細靡遺的調查，非常注重身體的保健。對了，這個命格絕對不是豪洨，我有個朋友就深受這種命格所苦——賴彥翔！醒醒！其實你很健康！……（只要你定期手動排毒啦！）

進化：若宿主異常保健身體，則可修煉成超級厲害的「移花接木」！

（林詠晴，台東，正在迷戀5566的十四歲）

第285話

地球有百分之三十的地方是陸地，百分之七十的地方是海洋，認眞來說「地球」這樣的名詞套在我們的世界上只是一廂情願，「水球」才是名符其實的稱呼。

亞歷山大大帝，馬其頓國王，率領大軍征服波斯等西亞諸國直到印度的邊界，直到疲憊的大軍跟不上他的野心，才無可奈何停止了征戰。那時，亞歷山大的版圖已睥睨當時在歐洲視角中的「已知世界」。

成吉思汗與他的子孫發基於大草原，此後南征北討，不僅擊潰金國、滅花剌子模、鯨吞了龐大的漢人中原，更將鐵騎的燒殺擄掠延伸至歐洲大陸與中東，讓「所向無敵」四個字血舞到極致。

無數自封的大帝，建立起一個又一個光榮的帝國與王朝，但他們號稱征服世界，事實上不過像螞蟻一樣佔據了漂浮在牛奶上的餅乾屑。

英國的日不落艦隊、西班牙的無敵艦隊，也不過是虛張聲勢揚起了帆，藉著海洋征服一塊又一塊的陸地。海洋象徵著危險的跋涉，而非征服本身。

人類的科技文明發展至今，尚無法，也沒有興趣朝海底的世界探索，因爲海底沒有選票。人類寧願砸大錢將太空梭射向漫無邊際的宇宙，也不願意將視線好好鑽進身邊的海水裡，更遑論在海底建立文明了。

除了Z組織。

陸地上每一寸的活動，只要大興土木，都在數千架人造衛星的監視下，不可能逃脫美國的耳目。唯有海底，才是眞正不可探知的幽暗。

偉大的祕密，必須有巨大的恐怖作爲屏障——最好是千奇百怪的禁忌與傳說。

不知道是恐怖的航海傳說先開始，還是海底的祕密製造出那些匪夷所思的航海傳說，在惡名昭彰的百慕達三角洲的海底深處，有一個經營已久、盤根錯節的國度。

這個國度無比巨大，可以比擬一個小城市，裡面有公路、有軍隊、停泊潛艦的水港；即使是尺寸最嚇人的藍鯨，在這裡也得用顯微鏡才能看得清楚。

只有如此巨大的空間，才能勉強塞得下那麼龐大的祕密。

「Z-Base」。

軍事、科技、研究，第三種人類的基地。

這個基地仍在向外擴充，就跟它的野心一樣。

「確認，今日第三十七場。」

「確認，A7到A12頻道渠道通暢，通訊衛星完成就位。」

「確認，準備開始接收亞洲地區十萬人份的腦部頻道。」

「確認，預計接收過程五分鐘。倒數開始。」

廣播聲在遼闊的競技場迴盪著。

這個世界上，恐怕再也找不到這樣一個堅固、神祕的實驗性競技場。

比例適當的圓形弧頂，特殊超合金打造出來的鋼骨結構，灌漿多層次不同材質的厚實混凝土，吸收震動與抵消撞擊的效果世界第一。除非海底發生令人絕望的大地震，否則這個競技場恐怕連一條龜裂都不會讓你看見。

更重要的是，竟足足有一個半足球場大小的寬敞空間，大到可以容納一群恐龍在裡頭大玩摔角。當然了，如果只是恐龍也就罷了，真正在裡頭廝殺的角色……

「還是需要五分鐘嗎？真正應用在實戰的時候，最慢得在三十秒內完成才行。記下來，下個禮拜之前一定要想辦法進步到四分鐘內。」

凱因斯頭也不抬，翻著手中的《Marvel》漫畫。

比起高高在上的莫道夫，凱因斯喜歡親自動手，參與實驗最危險、也必然是最核心的環節。與其說是負責，不如說是好奇。

與其說是好奇，不如說是一種隱性的瘋狂。

「增加處理器的數量，或是增加接收器的面積功率，總之，下個禮拜啊……」

凱因斯一邊看著最新一期的蜘蛛人漫畫，一邊喝著剛剛泡好的花草茶。

一隻插滿數百條發亮管線的巨大機械手臂，末端鑲嵌著環狀金屬，輕輕放在凱因斯的頭頂上方十公分，像個造型前衛的頭罩。

一道紅色的珠光在環狀金屬上慢慢游動，越來越快，越來越快。

巨大機械手臂的主人，是一台大得莫可名狀的怪異機械，尺寸跟一棟三層樓高的三十坪洋房一樣高。裡面裝置了數千顆這個世界並不認識的未命名超級中央處理器、上億的記憶體、與上萬枚關鍵的M晶片——是的，你沒看錯，正是藉由新力公司投資開發出的M晶片❼，全名叫「Mind Control Chip」，這可是本世紀最驚人的科學發明。這樣重量級的配置，光是處理散熱就是個大問題，半年前凱因斯就因爲過早提升了接收功率燒壞了一台。

這台機械的樣子無法分類，只能說是慢慢拼湊起來的巨大裝置，毫無美感可言，一切向實際運作的效能看齊。這種等級或以上的機器，Z組織就擁有十七台，其中最差勁的一台專司自動撰寫電腦病毒，與思考如何在十二個小時內癱瘓全世界電腦網路的病毒策略。

我們的世界並不認識這些超級怪獸級的裝置，更遑論一探它們的功能，如果將這些怪獸放進世界超級電腦的運算速度排行榜，那麼當今世界最快的超級電腦可得排名第十八。

競技場上，零零散散堆滿了不規則形狀的岩石。

「眞是漫長的五分鐘。」粗獷的聲音。

一個灰色皮膚的肌肉戰士，一身精赤地站在競技場中間，渾身發燙。

高大，如此含糊敷衍的兩個字，是所有人對他的第一印象。

把貨車輪胎燒熔、再加以強力壓縮、硬塞進巨大的人體骨架裡，就會變成眼前這副模樣。那種極不眞實的肌肉，那種可以把大象過肩摔的身材，大概也可以攔下以時速一百五十公里行駛的大貨車吧？如果不是有張活生生的人臉，眞像是尊魔神石像。

不過，他還沒有名字。

打贏了這一場，凱因斯才會給他。

打不贏的話，就會跟躺在地上的第三種人類屍骸一樣，只是實驗的報廢品。

——三十六個報廢品。

「編號9527，報上你的強化。」凱因斯依舊沒有抬頭，啜了一口花茶。

「後天基因手術後第三種人類，三十五歲，超肌肉強化，內核子動能。」

超肌肉強化的第三種人類戰士不少，配備內核子動能的也有十幾個，但那些都已經倒在地上，畢竟內核子動能往往會使身體負荷過重，不必敵人動手，就直接從內部溶解戰士的內臟。

而這一個……

「9527，過去是幹什麼吃的？」凱因斯兀自翻著漫畫。

「職業摔角手，兩座WWF跟三座WCW冠軍。」肌肉戰士昂首。

冠軍？

凱因斯稍微抬起頭，瞥了編號9527一眼。

沒錯，那輪廓他有印象，三年前可是在摔角台上叱吒風雲的狠角色。若不是一場交通意外奪走了他在擂台上正值燦爛的生命，他也不可能在Z組織的基因改造同意書簽下名字。

當然了，關於那場可怕的交通意外……

「冠軍，你能打贏蜘蛛人嗎？」凱因斯專注在漫畫最後一頁。

「我從來不看漫畫。」肌肉戰士鋼鐵般的聲音。

凱因斯笑了出來，闔上漫畫。

「好，我演給你看。」

❼關於M晶片的開發過程，請見小說《紅線》，不過這次不是宮本喜四郎寫的了，還請宮本喜四郎的粉絲見諒。請用google查詢關鍵字九把刀！

第286話

倒數結束。

十萬人份的腦波同步完成，十萬條無形的微弱意識穿越大氣層，匯聚到數百顆位於亞洲地區上空的通訊衛星上，衛星裡不爲人知的M晶片轉錄裝置早已準備就緒，立刻開啓巨大的腦波頻道。

一股任人宰割的超級意識從地球軌道上衝抵深邃的大海。

環狀金屬頭罩紅光乍現，用肉眼就能看出有股紅色波動正灌進凱因斯的腦部。

「別讓我失望。」

凱因斯吹了吹花草茶上的熱氣，蹺著腳，將漫畫丟在地上。

競技場中央，肌肉戰士的腦袋一陣要命的刺痛。

不同於電影中常見的虛擬實境訓練，肌肉戰士並未看見自己置身於奇異的場景，他仍在眼睛原本所見的巨大競技場，競技場中依然布滿大小不一的岩塊，大的像座小山，小的也得雙手環抱。

只是，岩縫中多了一道紅藍相間的快影。

碰！

猝不及防，肌肉戰士頸子往後一仰，被那道敏捷的紅藍快影給踢倒。

肌肉戰士的快掌卻沒有浪費半秒，在身體失去平衡的瞬間往那快影抓去。掌落空，只抓到一團黏稠的蛋白質。

「這是什麼？」肌肉戰士錯愕，隨即發覺自己的身體被快速「抽」向跌倒的反方向，凌空飛了起來。

原來是一道蜘蛛絲黏著肌肉戰士的右手臂，甩著肌肉戰士狠狠砸向前方的岩塊，而操縱蜘蛛絲的那道紅藍快影，正是美國知名英雄漫畫裡的蜘蛛人！

當肌肉戰士被甩在半空中，蜘蛛人撤掉了黏在手腕上的稠絲，讓慣性的力量解決肌肉戰士。但就在肌肉戰士即將撞上岩塊之際，他將全身肌肉刻意鬆弛，用假摔的技巧讓自己像塊口香糖般「啪答」一聲重重砸在岩塊上。

「唔……」肌肉戰士還沒站穩，就看見一塊桌子大小的岩板朝自己的臉飛來。

岩板的末端，拖著兩條堅韌的蜘蛛絲。

如果側身躲開，任由岩板撞在身後的岩塊上，將有大量的岩石碎片像手榴彈般割傷自己。於是肌肉戰士硬是伸手，將可以切斷大象粗厚脖子的岩板給接住。

「還給你！」肌肉戰士反手朝躍在半空的蜘蛛人擲去。

蜘蛛人動作何其敏捷，單腳踩在飛來的岩板上藉力一蹬，兩手在半空中咻咻噴出黏稠的蜘蛛絲。

肌肉戰士快速在地上打滾，避開了蜘蛛絲的噴射攻擊，卻在抬起頭的瞬間被蜘蛛人一腳踢中下顎。力道之重，差點沒把肌肉戰士的頭給踢飛。

這一擊損失慘重，肌肉戰士甚至沒能來得及伸掌相抓，左腳就被黏上蜘蛛絲，忽地頭下腳上給高高吊在半空。

「混帳！」肌肉戰士曲起身子，伸掌扯掉纏在腳踝上的蜘蛛絲瞬間，卻被一塊砲彈般的岩石直接命中身軀，慘然跌在地上。

這巨岩林立的競技場，正好是彈簧般的蜘蛛人最能發揮的戰鬥空間。

——還沒結束。

甫墜地，肌肉戰士憋住一口濁氣，就以雙臂護身的姿態半蹲，雙眼掃視四方。他明白自己連呼吸的時間都沒有，只要一個不留神，隨時都會被漫畫裡的超級英雄給KO。

果然，這次是兩塊板凳大小的岩石從左右向肌肉戰士飛來。

沒有硬碰硬的拳石相撞，肌肉戰士左右雙掌往旁一抓，用強大的腕力將來襲的岩塊給撥掉，眼睛完全沒闔上半刻。

而蜘蛛人在哪？連個鬼影都沒看見！

碰！

肌肉戰士的後頸遭到從後飛襲的蜘蛛人一踢，但肌肉戰士早已全身繃緊，腳步完全沒有撼動，左掌反手就是一抓。

……又抓了個空，令人憎恨的蜘蛛絲卻再度纏上了肌肉戰士的左手腕，蜘蛛絲上傳來一股往上拔升的力道，自然又是蜘蛛人想將肌肉戰士拔到半空痛宰了。

同樣的策略不再奏效，肌肉戰士的雙腳硬是踩在地上，左掌死命抓著腕上的黏稠蜘蛛絲，右手按著左肩，用過肩摔的姿勢試圖將吊起蜘蛛絲的蜘蛛人反摔在地。

但？

蜘蛛絲爽然斷裂，肌肉戰士因爲過肩摔的超大慣性，自己重重摔在地上。

再度得逞，蜘蛛人如風一般吹進狹窄的岩縫裡，嘲笑般留下「呀呼」的勝利嘯聲。

肌肉戰士怫然站起，迎接他的，又是不知從哪裡跑出來的四塊岩彈。

「找出你！」肌肉戰士大喝，用更快的速度撥掉來襲的岩彈。

起心動念，一股源源不絕的強能自體內的微型核子反應裝置爆發，肌肉戰士悍然抱住一塊與自己等高的大岩塊，兩個激烈的扭身，便將巨岩朝空中擲去。

那岩塊至少也有半噸之重，此刻卻被扔上超過五層樓之高。

若非親眼所見，絕難想像這個世界上竟有如斯怪力！

「不錯的策略。」凱因斯頗有興味地看著飛到半空中的大岩塊，說：「比起笨不拉嘰的灰獸……」

以肉眼無法看清的速度，肌肉戰士用比籃球明星還要粗長兩倍的手掌，又抓起一塊籃球大小的岩塊，擲鐵餅般射向剛剛丟到半空中、即將落下的大岩塊。

後發先至，夾帶超強力道的岩彈命中大岩塊的心臟，將大岩塊爆裂成碎！

高速旋轉的數百碎片朝四面八方噴去，每一道看似死角的岩縫都無法倖免，肌肉戰士自己也被碎石割傷。原本躲在肌肉戰士身後準備偷襲的蜘蛛人，也同時遭到岩彈碎片掃射命中，踉蹌落地。

「逮到你了！」

肌肉戰士豹子般衝向跌坐在地的蜘蛛人，在距離三公尺的時候猛然壓低身子，雙手打開，瞬間以更快兩倍的速度接近蜘蛛人。

「不，是逮到你了。」凱因斯微笑。

蜘蛛人從手中噴出大量的蜘蛛絲，在接觸的瞬間將肌肉戰士的臉整個摀住，封住肌肉戰士的口鼻——靠著這一招、配合接踵而至的連續擊打，蜘蛛人可是窒息了好幾個胸有成竹的第三種人類戰士。

牢牢抱住。

無論如何，肌肉戰士終究是抱住了來不及躲開的蜘蛛人。

「……」蜘蛛人奮力架開，卻是掙脫不能。

對肌肉戰士來說，這場小孩子打架到了這個階段，已經完全沒有看頭。

「！」無法可想的蜘蛛人，猛力對肌肉戰士來上一個頭鎚。

肌肉戰士不閃不避，任由蜘蛛人像一枚壞掉的陀螺在他巨鉗般雙臂中啞轉。

肌肉戰士力大，但蜘蛛人也不只是神出鬼沒兼職噴絲而已，他的肌肉力量絲毫不能小覷，肌肉戰士想要箍緊他，就得付出龐大的體力代價——這意味著大量又劇烈的耗氧，如果肌肉戰士肺裡的氧氣用完，即使是什麼鬼的改造基因，仍舊是照掛不誤。

「這是一場肺活量倒數計時的較量嗎？」

正當凱因斯這麼註解時，肌肉戰士胸口氣球般鼓起，忽然一聲悶響，黏封在口鼻上的蛋白質絲液竟給吹破了一個大洞。

「喔？」凱因斯嘴角微揚。

肌肉戰士灰色的手臂上青筋就像雷射蝕刻、越來越清晰，而蜘蛛人肺裡的空氣，倒是給壓得一乾二淨，兩隻眼睛呆呆地看著暈眩的天空。

「就這樣把你壓壞，實在不能一解我的鬱悶。」肌肉戰士在蜘蛛人的耳邊說道：

「接下來的這一招能挺住的話，我就放你一馬。」

語畢，蜘蛛人的雙腳離開了地球表面。

「必殺——」

肌肉戰士用倒栽蔥的鐵板橋姿勢，將蜘蛛人仰天抱倒了一圈。

「十噸摔。」

競技場中央發出可怕的巨響。

不必讀秒。

大英雄蜘蛛人從腰桿中間折成了兩疊，一動也不動了。

凱因斯的手杵著下巴，將已經冷掉的花草茶倒在地上。

幻象解除，肌肉戰士臉上的黏液瞬間無影無蹤。

「9527，有沒有座右銘？」凱因斯。

肌肉戰士搖搖頭。

「暴力就是美——從今天開始就是你的座右銘。」凱因斯頓了頓，滿意地看著眼前的超級基因兵器，宣布：「至於你的名字，就用希臘神話裡的大力士赫庫力斯，怎麼樣？」

肌肉戰士右拳放在額頭前，感激地接受了這個榮耀的名字。

「還有力氣嗎？」凱因斯抽出另外一本漫畫。

「多的是。」赫庫力斯咧開嘴。

凱因斯也笑了。

「那麼，跟綠巨人打一場吧。」

第287話

白氏一族天生變異的大腦，可以用極大的精神能量製造出特殊的「幻覺場」殺死大量的敵人。比起大多數的兵器，不論是毒氣彈、病毒彈、氫彈、或甚至核彈，「幻覺場」這種精神兵器的使用彈性與高度發展性更值得期待。

而且，絕對更環保——在殺死數以百萬計的敵人後，空氣還是乾乾淨淨，水還是可以喝，行道樹在空蕩蕩的馬路旁快樂地進行光合作用，路邊的野貓野狗照樣翻牠的垃圾桶，房屋與工廠沒有絲毫損壞，重大設施輕輕鬆鬆收爲己用。

副作用，零。

拜全球通訊系統的高度整合與普及，與M晶片的誕生，Z組織利用M腦波機創造出來的科學成就，正以驚人的速度追上白氏的大腦。如果十萬人份的腦波可以製造出蜘蛛人跟綠巨人，一百萬人份的腦波就可以創造出哥吉拉那種等級的巨獸。如果是一億人份的腦波，理論上，應該可以使十萬人同時看見月球大的隕石撞擊地球表面的壯觀畫面吧……

一般人只要使用一分鐘的M腦波機就非常費力，三分鐘非得累癱不可，若是勉強支撐到五分鐘，使用者很可能被自己製造出來的幻覺反噬，好一點的當場嚇死，運氣差點的就變成精神病了。

比起我們這些容易死、容易瘋的凡夫俗子，凱因斯可就樂在其中了。這一次他足足玩壞了四十四個第三種人類戰士才離開那個可怕的位置。

比起平常，今天的凱因斯已非常節制。

理由只有一個，新的戰利品已快遞到他的桌上。

脖子上掛著一條溼透的毛巾，凱因斯走到戰利品旁仔細打量，直接拿了起來，左看右看，伸出手指到處彈彈，不曉得在確認什麼，還是單純地把玩。

鬼殺佛。

牙丸千軍的人頭。

「身體呢？」

凱因斯的食指往上撬開了牙丸千軍的眼皮，露出霧上一層白膜的眼珠。

「在戰鬥中被弟兄們割得支離破碎，勉強蒐集的殘骸都被送去化驗保存了。」一個站得筆直的第三種人類戰士，鼓起胸膛說道。

「總共折損了多少人？歷時多久？」

「九十二人，花了一百四十二秒，差一點就對付不了這老頭。」歷劫歸來的屬下心有餘悸地報告：「此外活著回來的八個人裡，有兩個在基因手術中傷重不治，所以總共是損失九十四個，生還六人。」

「九十四個最佳激化的『斬鐵』啊……」凱因斯皺眉。

「斬鐵」命格雖然有兩百五十年的能量修爲，在命格的位階上屬於中級，但使用的方式一點都不複雜，也沒什麼特殊條件或制約，差不多就是單純強化宿主的精神與肉體，所以一百名斬鐵突擊隊在作戰時發揮命格的輔助，絕對沒有問題。

即使扣掉百分之二的品質誤差，也有九十八個斬鐵戰士啊！

「牙丸千軍沒有幫手吧？」

「幸好只他一人。」

「……」

凱因斯原本以爲只要六十個就能解決掉牙丸千軍，之所以多派了四十個，只是想獲得壓倒性的勝利，並防止東京十一豺中途插手、橫生意外罷了。當然，如果牙丸千軍的衰老超過預期，這一百名斬鐵戰士能活捉牙丸千軍回來，自是更好。

……沒想到，竟然只是剛剛好險勝而已。

「眞槍實彈的對決，果然不能用數學平衡式隨意敷衍。」凱因斯拍拍牙丸千軍傷痕累累的頭顱：「老傢伙，你果然不愧是在樂眠七棺之上的超級戰士。」

「對戰的資訊已經被一百台微型攝影機全程拍攝下來，現在正輸入超級電腦裡進行模擬分析。」屬下：「例行的影片剪輯已經開始，大概還需要十六個小時，電影就可以製作完成。」

「很好，那我就等著看電影吧。」凱因斯提著牙丸千軍的皺巴巴腦袋，大眼瞪死眼近看，又說：「包括你，排個時間讓活著回來的六個人對我報告，或者，乾脆安排下禮拜的M腦波虛擬實戰……你也想要像樣一點的名字吧？」

「是！」屬下精神一振。

多少有點英雄惜英雄的感傷，凱因斯眞的有點遺憾。如果能讓自己的「想像力」跟牙丸千軍狠狠對戰一局的話，那該是多麼熱血激昂的場面啊，說不定號稱鬼殺佛的牙丸千軍能夠擊潰他所有的想像？或者，自己的想像竟能製造出足以殺死牙丸千軍的幻境？

無論如何，除去了這張千錘百鍊的老臉，「未來」就又朝Z組織……

不，朝自己更進一步。

一念及此，有件事也差不多可以做了。

凱因斯按下桌面的通話鍵。

嘟嘟……嘟嘟……嘟嘟……嘟嘟……

「長官，有何吩咐？」電話那頭很快就有了聲音。

「準備好了的話，隨時都可以動手。」說完，凱因斯取消通話。

是的，隨時可以動手了。

對於怎麼處理牙丸千軍的人頭，莫道夫全權授權給凱因斯。

是要寄給牙丸無道，恭賀他終於成爲牙丸氏權力位階最高的領導人嗎？

還是要寄給牙丸阿不思，激怒這個實力高深莫測的女怪物，誘使她開啓戰爭？

還是要寄到聯合國的秘警總部，讓全世界的秘警摸不著頭緒誰幹的好事？

還是什麼都不做，就只是鎖在保險櫃，讓牙丸千軍的死變成永遠的謎，在各方勢力中蔓延成危險的猜忌？

諸如此類，做與不做，牙丸千軍這顆臭死人頭，多的是政治性的殘餘價值。

不過，這些都只是平凡人的想像。

輕輕拋著牙丸千軍的死人頭，凱因斯腳步輕盈地走進通往研究室大樓的長廊，腦中推演著美國國會強勢通過「公民疫苗法」之後的局勢發展。

首先，美國國會分爲眾議院與參議院，在爲數四百三十五名眾議員裡，有一百零四名眾議員根本就是Z組織的成員，其他暗中接受Z組織金援的人數也有兩百八十四名。在爲數一百名的參議員裡，過六成與Z組織交好、或根本就是Z組織的堅貞擁護者。各部會首長也不是問題，Z組織擁有的，多的是足以操縱人心的命格藥水。

從政治層面來看，通過法案不是問題。

但如果要讓那些示威抗議的民眾心服口服，就必須再製造幾場莫名其妙的災難，例如讓華盛頓特區充滿危險的病菌、或是在舊金山與紐約的市中心炸掉幾棟吸血鬼經營的企業大樓。如果要證據，拿出像「吸血鬼襲擊席格瑪」那樣的假證據Z組織最擅長了，要多少，有多少。

人類最擅長的，就是恐懼。

播下一顆種子，往往可以收割一座山的恐懼。

「這個時候，誰挺身而出，誰就是溫暖寬厚的老大哥了。」

凱因斯通過研究大樓裡層層高科技的檢驗，最後用最原始的掃描掌紋的方式，打開了最後一道、通往最大研究資料庫的房間門。

登。

研究資料庫由五十多台牆一般的電腦堆砌而成，Z組織自創立以來所有的研究成果都在此間，可說是整個Z-Base的心臟。

還有一張桌子。

桌子邊，一個老人坐在七台電腦螢幕中間，手中拿著一疊剛剛列印出來的研究報告，電腦螢幕上的研究數據一直在變。老人的嘴巴始終沒有闔上，一直在喃喃覆誦著研究數據，推敲背後隱含的意義，一下子抬頭在左邊第二台的電腦螢幕上挪動曲線，一下子快速在右邊第一台電腦螢幕上、用飽滿皺紋的手指搜尋具爭議的數據。

那模樣，就好像要把所有的資料都分門別類塡進自己的腦袋似的。

凱因斯將牙丸千軍的頭髮綁在一架吊燈上，當這顆價值連城的死人頭是研究室暫時的擺設，然後重新煮了壺花草茶，淺淺倒了兩杯。凱因斯這些動作至少有十五分鐘之久，老人卻沒發現研究資料室多了個人。

凱因斯微笑，他就知道這個地方很適合老人。

「休息一下吧。」凱因斯將一杯熱茶放在老人面前。

老人抬起頭，透過壓滿指紋的眼鏡看著眼前朝氣蓬勃的年輕人。

沒有說話。

老人不曉得該說些什麼，因爲他強忍住的第一句話，竟是感謝！

「歡迎來到比席格瑪更先進二十年的研究基地。」

凱因斯微微舉起手中的熱茶，示意道：「無上的貴賓，杜克博士。」

拖泥帶水

命格：集體格

存活：兩百年

徵兆：你的周遭，盡是一些被你拖累人生速度的朋友。期中考只要你坐在教室中央，至少會影響一半人寫考卷跟猜題的速度。你養的蠶就硬是比別人的多花一倍的時間結繭。你種的綠豆，往往來不及發芽就先被水泡爛。長大後在高速公路開車，馬的，「路隊長」就是在説你！

特質：可怕的集體格，讓你在關鍵時刻拖住敵人的手腳，卻也會波及周遭夥伴的戰鬥。在你實力不足的時候，竟能使敵人產生「好渴啊，不如大家一起去喝個茶吧」這樣的慵懶想法，強勢延緩你被幹掉的時間，為遠在天邊的同伴爭取時間！

進化：原封不動

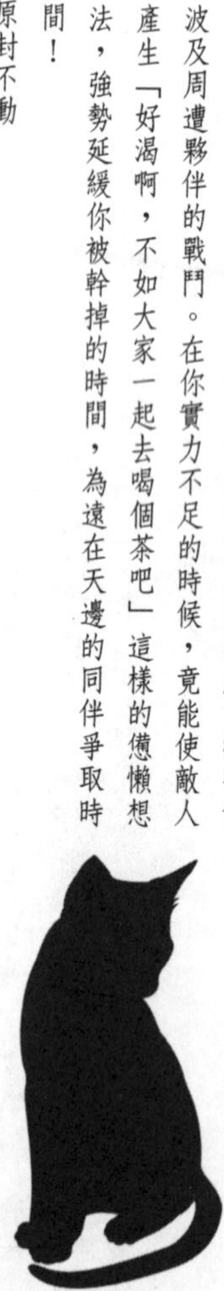

第288話

對付獵命師，最好有把握一次就把他們殺掉。

否則過幾天後，他們豢養的特殊能力將使他們完好無缺地站在你面前，變得更加刁鑽，更難對付。

變得，更強。

全身貼著OK絆，烏拉拉吹著奇異的口哨，張開手掌虛抓空氣。

口哨的聲階就像是彼此斷裂、零零落落掛在五線譜上的鐵釘，聽起來很不自然，卻又說不出是哪裡不對勁，若努力追著音階聽，竟會使呼吸不由自主錯亂，胸口悶塞。

紳士從半空中輕輕躍下，正好落在烏拉拉的腦袋上。

「……」神谷拍手，驚喜不已。

兵五常的臉色爲之一變。

熱鬧非凡的道頓堀，大家一起盤腿坐在椅子上，吃著關西有名的大阪燒。

所謂的大家，竟是烏拉拉、神谷、兵五常，與鬭香愁。

「原來幻貓咒就是這樣使的啊！」烏拉拉讚不絕口，看著紳士錯愕的臉。

「喵？」紳士搞不清楚，自己剛剛究竟是跑進了哪裡，又怎麼會憑空出現。

「哈哈，下一次我會好好接住你的。」烏拉拉摸摸頭上的紳士。

兵五常愣愣地看著這一切，這未免也太不公平。

十分鐘前在等待服務生過來點菜的時候，無聊的烏拉拉提議與兵五常比賽腕力，兩人約定烏拉拉只要撐過三十秒還不輸，兵五常就得教烏拉拉唱幻貓咒的歌訣，而且以教十次爲限。

身爲十一節精鋼棍的棍法家，兵五常非常自豪自己的腕力，但看起來吊兒啷噹的烏拉拉卻還是勉力支撐了三十三秒才投降，這已經讓兵五常有點不爽；又，兵五常約定只教十次幻貓咒歌訣，其實也不安好心，因爲自己可是花了整整一個禮拜才學好拗口的幻貓咒，即使是現在，偶爾還是會唱漏了音。

但烏拉拉竟然只學到第六遍，就已將幻貓咒記得分毫不差，唱得精準無比。

「逃犯，其實之前你爸爸就偷偷教過了吧？」兵五常抓著胸口，竟非常難受。

「哪可能，我爸爸什麼都不管我，更不可能教我任何東西。」

「胡扯！哪有這種事情！」兵五常反應很激烈。

「比扯鈴還扯吧？」烏拉拉用小叉子輕輕戳起大阪燒焦黑的邊：「祕訣就在於平時多聽各式各樣的饒舌歌，沒事就跟著唱，久了啊，包你什麼怪歌都能黏在舌頭上。」

兵五常不信，轉頭看著鬬香愁：「鬬香愁，你花了多久學好幻貓訣？」

「大概一個多小時吧？」鬬香愁翻著鐵板上的熱餅，露出嘴饞的表情。

兵五常大受打擊，整個人瞬間石化，那模樣逗得神谷發笑。

這一笑，讓兵五常腦中一片空白。

「……每個人，都有不擅長的事。」兵五常低頭看著冒著香香蒸氣的鐵板，不敢抬頭，深怕被神谷發現他已臉紅。

大功告成，烏拉拉剷起已經香氣四溢的大阪燒，快速將它分作四大塊，每個人都很期待地看著眼前鐵板上的大阪燒，拿起筷子躍躍欲試。

「神谷，喝過啤酒嗎？」烏拉拉眨眨眼睛，神谷急忙揮揮手，烏拉拉喜上眉梢，轉頭大聲喊道：「服務生，來點啤酒──冰的啤酒！要超級冰！」

「冰啤酒好!來一打!」兵五常情不自禁拍桌,隨即像是想起了什麼愣了一下,低頭不發一語,暗暗惱怒起自己為什麼要跟大通緝犯一起喝酒。

門庭若市的食店共有十二張大桌子,跟一台懸吊在柱子上的液晶電視。不知道是誰打開了電視,畫面重播著今天下午日本首相在國會大廈前,發表號稱本世紀最重要的一場演說。

「針對連日的東亞國際情勢不安,對內,為了捍衛國土完整與國家主權,對外,協助國際社會對抗恐怖主義更是日本無可迴避的責任,因此,日本有必要著手修改憲法第九條❽,為此國會特別提出臨時修憲動議……」鎂光燈此起彼落,打在日本首相嚴肅的表情上。

最近的新聞就像一場荒腔走板的連續劇,首先是美國副總統乘坐的飛機遭恐怖份子擊落;再來是橫濱軍港第七艦隊遭遇卡通般的全軍覆沒;再來是詭異到極點的「公民疫苗法」;現在,輪到日本毀棄絕不對外發動戰爭的憲法承諾?

若要勉強定義這齣連續劇,大概可以分類為粗製濫造的恐怖片。唯一精彩的一點,就是沒有人知道結局;最悲慘的一點,莫過於觀眾不知道該打電話到哪裡抗議、阻止這齣鬧劇繼續演下去。

「白癡新聞，沒有人發覺這個世界面臨了大麻煩嗎？」兵五常看著電視，鼻孔噴氣，桌上的冰啤酒瞬間已被他乾掉四瓶。

「這麼嚴重啊，或許我們該去調查一下？」烏拉拉爲大家倒啤酒。

「太累了，幹嘛把自己弄得這麼累啊……」闞香愁的身體斜斜靠在牆上，慵懶地拿起酒杯，要喝不喝地啜了一口。

東西很快就吃完，烏拉拉又叫來服務生指著菜單亂點一通，鐵板上立刻又堆滿了各種黏稠的烤餅食材，反正只要這個世界上還存在著「彩票」跟「跑馬」跟「刮刮樂」，「領錢」這種動作對獵命師來說不過就像去飲水機喝水一樣。

第一次喝啤酒的神谷心情很好，臉上微紅，原本害羞的她仗著微有酒意，跟三個男人輪流敲了敲酒杯，三個男人都很夠意思地一飲而盡。

「敬神谷——攔下宮本武藏雙刀的女孩！」烏拉拉哈哈大笑。

很快，大家的酒杯空了又滿。

❽一九四七年五月開始施行的新憲法共計十一章一百零三條，其中第二章也就是第九條對「放棄戰爭」做了如下陳述：日本國民真誠地祈求以正義和秩序為基礎的國際和平，作為解決國際爭端的手段永遠放棄國權發動的戰爭、武力威脅或武力行使。為了實現前款的目的，不保持陸海空軍及其他戰爭力量，不承認國家的交戰權——戰後日本政府所確立以「專守防衛」、不行使「集體自衛權」和「非核三原則」為核心內容的防衛基本原則，皆是立基於日本憲法第九條。

（資料參考維基百科）

第289話

人類眞是一種很奇妙的生物。

這幾天要不是中間卡了個拚命照料大家的神谷，待得烏拉拉身體恢復了大概，兵五常就會找烏拉拉決一生死。

現在時間拖久了，大家也一起輪流使用「天醫無縫」療傷，一起吃了不計其數的飯，突然要開口說要賭命對幹，反而不大好意思。

離奇的是，揹著大逃犯之名的烏拉拉竟也不急著逃，每天若無其事地調養身體、看漫畫，兵五常只好不上不下地僵在那邊。

與其說兵五常在監視烏拉拉，不如說他是一條無奈的跟屁蟲。

剛剛提起了宮本武藏，又讓兵五常想起了不愉快的回憶。夾起大阪燒上的一塊干貝放進嘴裡，再喝一大口冰啤酒，兵五常突然瞪著烏拉拉，打了個酒嗝嗆道：「喂！逃犯，那天晚上你眞的以爲，憑你也可以打敗宮本武藏？」

烏拉拉夾著小菜，與哥哥之間的回憶再度浮現。

「或許，他是無敵的。」烏拉拉坦白說。

「既然知道，爲什麼還敢挑戰？」兵五常咄咄逼人。

「因爲我不怕失敗。」烏拉拉微笑。

此話一出，兵五常愣住，鬪香愁哈哈大笑。

「不怕失敗？說得倒輕鬆，我這輩子從沒見過輸掉決鬥還跪地求饒的——英、雄！」

兵五常用力反駁的時候，眼睛不由自主迴避了神谷的視線。

「我不怕失敗，但我怕死啊。」烏拉拉舉起酒杯，爽朗大笑：「比起早死的英雄，彈吉他更適合我啊！」

神谷也跟著發笑。

無論如何都不想死的意念，因恐懼喪失言語能力的神谷再清楚不過。

爲了「英雄」二字、一味抛棄生命，想起來其實是非常可怕的事。

只有眞正懂得珍惜生命，願意求饒，慶幸苟延殘喘的人，才能給人溫暖。

「說的好！敬怕死！」只見鬪香愁罕見地舉起酒杯，與烏拉拉乾了一杯。

看到這一幕，兵五常再也按耐不住。

此時不提，更待何時！

「說到這個。」兵五常重重放下酒杯。

氣氛一變，肅殺之氣毫不掩飾從兵五常的眼中流洩而出。

兵五常嚴肅地瞪著烏拉拉，說：「大逃犯，別以爲你眞跟我們交上了朋友，現在我倆身上的傷勢都好得差不多，這頓飯後，你我再對一杯酒，就直接在這裡開打！」

神谷一驚，卻見烏拉拉嘻皮笑臉，說道：「傻瓜，眞動手起來我當然不是你們的對手啦，想幹掉我機會多的是，就先當我被你們抓到啦。反正大長老不都說了嗎？可以先抓我回去反省，然後你們再去殺我哥哥——反正我是不擔心他啦！」

「……」兵五常咬著牙。

烏拉拉這番自矮身分的說詞也有道理，害耿直的兵五常一時不知如何接話。

「這提議不錯啊。」鬪香愁聳聳肩，乾脆斜身躺在長長的寬椅上。

氣氛再度輕鬆起來，兵五常無法一鼓作氣開打，只好憋著氣灌了瓶酒。

「先說好了，等一下倪楚楚來這裡跟我們會合，看到你這個大逃犯，會不會一時衝動就地殺死你，我可不敢保證。」兵五常冷冷說道，將空酒瓶丟在地上，喊道：「啤酒！再來一打！」

自從京都站地下皇城一別後，喜歡一個人靜靜的倪楚楚，就只有用手機跟兵五常與鬪香愁保持連絡。兵五常受重傷自覺丟臉，當然沒催促倪楚楚見面。

「好啊，如果眞的打起來了，那也沒有辦法啊。」烏拉拉吐吐舌頭。

說曹操，曹操到。

只見穿著寬大長袍的倪楚楚拾階而上，站在樓梯口找尋兵五常一行人。她的手中拿著一本宮本喜四郎寫的《喂！你幹嘛討厭自己？》，那是上次烏拉拉在忙碌的作戰中，不忘推薦給倪楚楚的課外讀物。

倪楚楚皺著眉頭，慢慢走了過來，臉色越來越難看。

兵五常心中盤算，等一下倪楚楚突然發難，自己該怎麼保持武者風範——既不讓烏拉拉逃走，又維持住倪楚楚與烏拉拉的一打一局面。

「都吃喝了這麼多，有沒有把我放在眼底啊？既然約好了，理所當然應該一起吃吧……你們這些自私鬼，還喝酒？」倪楚楚看著鐵板桌上一片狼藉，忍不住抱怨。

兵五常又吃了一驚，怎麼倪楚楚的重點是在這裡！

「妳怎麼不動手？」兵五常氣急敗壞用筷子指著烏拉拉，叫道：「他！不就是跟妳打到天昏地暗的大逃犯嗎！妳被燒掉的眉毛都還沒全長出來啊！」

倪楚楚慢條斯理坐下，逕自拆了一副筷子，冷冷道：「他的能力正好與我的能力相剋，你都不打了，我幹嘛引火自焚？吃飯，喝酒，看書。」說完眞的看起書來。

兵五常啞口無言，頗有失落。

殊不知在地鐵一鬥中，烏拉拉「火炎」的能力恰好剋住倪楚楚的「化蜂」能力，但這不是倪楚楚落於下風的主要理由，而是烏拉拉用火的能力非常高明。倪楚楚雖然使用了「拖泥帶水」令烏拉拉許多攻勢都難以完竟，但烏拉拉在關鍵時刻留了一手，才使倪楚楚得以全身而退。

烏拉拉爲她留足了面子，倪楚楚暗暗感激。

「又見面啦，我現在是處於被各位成功拘捕的狀態，所以我們暫時不打了好不好？」烏拉拉舉起酒杯，輕輕拍了拍神谷，說：「這位馬尾美少女叫神谷，目前就讀不知道哪一間高中，在東京一間漫畫店上班，不久前在宮本武藏的刀下救了我跟兵五常喔！」

「嗯，你可知道後來我爲了把那輛列車弄出地下皇城，跟多少牛鬼蛇神槓上嗎？」倪楚楚的視線依舊集中在那本怪書裡，伸手夾了一塊鐵板肉，喃喃道：「我現在在設計一種笨到不懂怕火的胡蜂，等到我開發成功了，哼哼……」

烏拉拉很高興，倪楚楚是個言出必踐的信人。

「對了，厲老頭跟任不歸已經有兩天沒有跟大家連絡了，聶老判斷，多半被吸血鬼給殺了。」倪楚楚指著掛在耳朵上的藍芽耳機，接過神谷替她倒的冰啤酒。

「吸血鬼，也有很強的嘛。」闞香愁拿起酒杯，又跟烏拉拉乾了一杯酒。

「如果讓我修煉幾百年，不強怎麼可能。」兵五常不服氣，搭話道：「不過我們獵命師也有很長壽的命格，比起來，我們還是勝了一籌。」

「嗯，所以宮本武藏打贏你跟烏拉拉，只是巧合罷了。」闞香愁突然笑了。

「他的身上有『逢龍遇虎』！怎麼說也有五百年的命格能量！」兵五常怒目。

「就是說，扣掉跟戰力沒關係的『逢龍遇虎』，你就贏定他了啊？哈哈哈哈！」闞香愁平時沒醉時腦子就不大清楚，現在喝醉了更是口無遮攔。

烏拉拉有點感到驚訝。這三個同樣奉命緝捕自己的獵命師，竟然對夥伴的死亡沒有什麼感覺，很快就把話題扔到外太空去了。不知道是死者的人緣很差，還是大家已經習慣將情感拋在腦後？

——歸根究柢，還是那個人不好。

電視上重播的日本首相演講突然縮小，變成了新聞的子畫面，主畫面變成美國總統在白宮花園前準備發表針對日本修憲的政治回應、大批國際記者聚集的景象。

在此危急之刻，兩大關係曖昧的強國會用什麼政治語言彼此交談，每個國際社會的成員都很在意。每天看著股票往下探底的投資人，也無法不在意。

「我有個提議。」烏拉拉敲敲酒杯。

大家抬起頭，看著這個不停喝酒的大逃犯。

「既然大家都抓到我了，任務大功告成，不如大家一起去打徐福吧？我們組個隊，偷偷摸進地下皇城把徐福殺了就走。」烏拉拉有點認真，補充最重要的一點，說：「如果到了最後關頭任務看來不會成功，行，我自殺，大家屁股朝著我快快溜走也可以吧！」

「這個太累了，你們自己玩啊，我旁邊看著就好了。」闞香愁第一個退出。

原本兵五常是想狠狠嘲笑烏拉拉一頓然後冷淡拒絕的，但既然討厭的鬫香愁這麼快表明立場，自己只好大唱反調。

「我沒問題，就怕時候到了你不敢自殺啊！」兵五常指著烏拉拉，一個貪生怕死的逃跑專家。

「我聽大長老的吩咐。」倪楚楚語氣平淡，吃著東西。

「不，妳一定得參加，妳的能力實在是太棒了，可以成爲我們潛入計畫最好的斥候跟雷達，還可以幫我們攔住敵人的千軍萬馬！」烏拉拉毫不遲疑。

倪楚楚哼了一聲，臉頰卻陷出一個淺淺的酒渦。

「不過如果只有我們四個人組隊，我看我就直接自殺好了。敵人這麼強，所以我們一定要變得比現在更強——怎麼變強？當然就是再找多一點強者組隊啊！我見識過聶老的雷神咒，天啊眞是太猛了！一百個我都不夠死！」烏拉拉越說越興奮，嚷嚷道：「還有那個亂放噁爛大蜘蛛的廟歲，那種能力就算了，不過『惡魔之耳』眞的很酷，他就勉勉強強一起來吧！」

「你自己跟聶老說。」倪楚楚瞪了烏拉拉一眼，眞是沒大沒小。

「我覺得那個宮本武藏人挺不錯的，雖然不講道理，但是很笨，所以可以溝通一下。」烏拉拉爲大家倒酒，嘴巴快速說個不停：「最主要是，宮本武藏眞的很強，合我跟兵大哥跟倪姊姊之力也頂多打成平手，那麼強，拿來當敵人太虧了，不如把他叫來一起打徐福！」

說完，烏拉拉忽然看著神谷，問：「是吧？」

神谷的腦袋一時轉不過來，但很直覺地點點頭。

「你在說什麼啊！」兵五常已經沒了怒氣，變成莫名其妙的無法理解：「宮本武藏就是徐福派來殺我們的刺客，上次放過了你只是看不起你、不屑殺你，別以爲人家跟你打了一架就英雄惜英雄了，我呸！」

「徐福那麼強，乾巴巴放在那裡，宮本武藏沒有理由不去打啊！」烏拉拉很正經，一柄叉子刮得火熱的鐵板吱吱作響。

「烏拉拉，你有神經病！」酒醉的闞香愁笑得前俯後仰：「也許我該把『瘋狂囈言者』送給你，看看你會說出什麼瘋話啊！哈哈哈哈哈哈！」

「抱歉，我絕不跟吸血鬼聯手。」倪楚楚指著書裡的一段話，一字字跟著念道：

「追根究柢，如果你不想討厭自己的話就別勉強自己做不喜歡的事，例如媽媽逼你晚餐一定要把蔬菜吃光，你就乾脆把桌子掀掉，把蔬菜踩爛！又例如學校老師叫你站起來回答問題，你不會，你就乾脆把書包拿起來朝講台丟啊！徹底任性吧，寶貝！做自己，最健康啦！」頓了頓，用自己的口吻說道：「就是這樣。」

「拜託！真那麼不喜歡吸血鬼的話，一起幹掉徐福後妳想跟宮本武藏單挑，隨便啊！」烏拉拉大聲回應，弄得神谷吃吃笑了起來。

電視上，已經開始轉播美國總統眾所矚目的演說。

「追求和平是我們人類社會的目標，然而七個小時前，日本決定單方面修改憲法第九條，國際社會為此深表遺憾，美國在這種情勢尚未明朗的時刻必須挺身而出……」看著美國總統在台上發表演說。

這種重大議題的演講必然從最冠冕堂皇、最不著邊際的地方開始說起，然後才是強硬的論點與要求。原本美國是相當支持日本修改憲法第九條，讓日本成為一個「正常化國家」，藉此讓日本擔任聯合國的常任理事國，反制中國日漸坐大的國際實力。

但連番的軍事緊張，讓美國對日本修憲的立場不變。

「聶老不可能答應跟吸血鬼聯手。」倪楚楚自己倒了一杯酒。

「太好笑了，這算什麼討論？說得好像宮本武藏迫不及待去找徐福單挑似地，這一點道理也沒有，宮本武藏根本不可能加入我們！」乒五常覺得很可笑。

「怎麼不可能？依我看，聶老打得贏宮本武藏吧？到時候就叫聶老跟宮本武藏單挑，宮本武藏輸了就得按約定暫時合作去殺徐福，這樣就可以啦！我看那宮本武藏真的很呆，一定會信守承諾的。」烏拉拉的表情一點都不像在開玩笑。

「哈哈哈哈哈哈哈哈哈哈！」闞香愁笑得趴在地上。

突然，四個獵命師同時停止荒謬的辯論。

不約而同轉頭，盯著螢幕上的新聞畫面。

那一刻，他們知道。

世界大戰了。

《獵命師傳奇》卷十　完

《獵命師傳奇》卷十一

樂眠七棺，是東瀛血族歷代最強悍的八個怪物所共享。

他們不受指揮，不受控制，血族對其又愛又恨。

他們是恐怖。

眼高於頂是強橫者的通病，毀滅他人證明自己是強橫者的原始慾望，也是強橫者之所以為強橫者的原因。所以在不成文的規定裡，每個時代僅能有一個怪物從封印中被解放，其餘七位則繼續漫無邊際的長眠，以免不必要的血腥互鬥。

五十年一位，又或百年一人。

但其中，在吸血鬼的歷史文本裡，只有此棺從無打開的記錄。

「獵命反應小組，戰鬥預備。」凱因斯戴上M腦波機，看了看赫庫力斯。

赫庫力斯飽吸了一口氣，內核子動力催激到頂峰。

石棺碎開！

獵你的創意，秀你的圖
「獵命師大募集！」活動

發揮你的想像，秀出你的創意，畫出或者cosplay《獵命師傳奇》你心目中的故事角色，我們將於《獵命師傳奇》最新一集出版前，固定由作者過九把刀親自遴選，刊登在當集的獵命師書中喔！讓你的創意在《獵命師傳奇》的世界中登場，還可以得到獵命師限量周邊！

活動詳細活動辦法，請至蓋亞讀樂網貼圖區參觀
http://www.gaeabooks.com.tw/

- 大賞作品（兩名）可得《獵命師傳奇》新書一本及限量灰色長袖T恤一件。
- 入選者可得《獵命師傳奇》新書一本。

【本集大賞】

paparaya◆烏拉拉

刀大評語：
這個視角真是超帥的啊！

010530◆源義經

刀大評語：
很漂亮的水墨筆觸！

←BADBUG◆東京疾走

刀大評語：
很歡樂的一張彩圖唷:D！

yi0314◆宮本武藏

ofender◆烏拉拉

giato7949◆烏拉拉

p89052◆宮本五藏

f012129◆烏拉拉

catisflying◆烏拉拉

烏家兄弟◆決定放棄

anber◆烏拉拉與紳士

ababc13◆烏拉拉超爆點的居爾一拳

七轉八落・貞義◆烏霆殲

inohanakimo◆烏霆殲

blacktwok◆烏家哥哥

chenchihfen◆蜂言蜂語

vivian77921◆神谷

joantin20◆兵五常

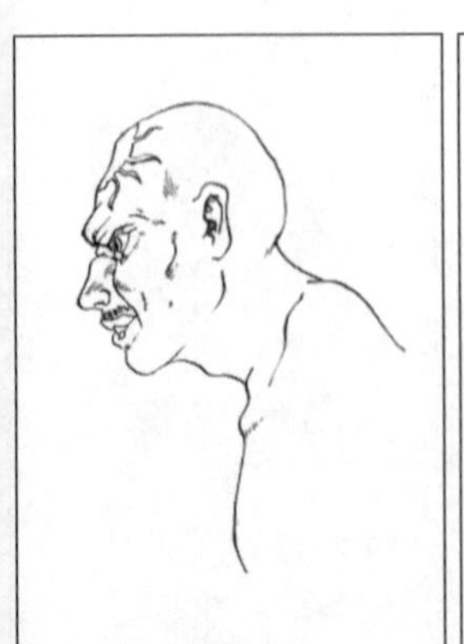

oshicaca◆廟歲

iloveallen◆張熙熙

lark◆馬尾神谷。

fdlwyaly◆優香

七轉八落．貞義◆陳木生

010530◆陳木生

miss.J◆兵五常

chenchihfen◆突發奇想

bibiL◆阿海

oshicaca◆牙丸千軍

ednke◆日．戰神．義經

catisflying◆手足．夥伴

fdlwyaly◆追逐夢想

ALAGAN◆斬鐵，就位

ahan99◆黑奇幫

fdlwyaly◆絲線間

p89052◆神谷

七轉八落．貞義◆少年J

gleam1116◆往昔之日

JACKJACK775◆服部半藏

upseeq◆佳芸

zankoku◆音羽山驚魂

bibiL◆風宇

david82112◆風宇

giato7949 ◆風宇

ednke◆香愁

DIOSWORLD◆唐郎&賽門貓

jan830130◆宮本&烏拉拉

yahsuanwang◆烏拉拉素描

ahan99◆烏拉拉

genius0415◆烏拉拉3

010530◆宮本武藏一張

Ameako◆佳芸

ohyalong◆隱藏性角色

wen019◆烏拉拉&紳士

amyvicky21◆烏拉拉

ALAGAN◆城市管理人

bibiL◆兵五常

國家圖書館出版品預行編目資料

獵命師傳奇.Fatehunter／九把刀 著；
——初版.——台北市：蓋亞文化，2005【民94-】
冊； 公分.——（悅讀館）

ISBN 978-986-7450-71-5（第10卷：平裝）

857.83 94002005

悅讀館 RE019

獵命師傳奇系列【卷十】

作者／九把刀（Giddens）
繪圖／翁子揚
出版／蓋亞文化有限公司
地址◎台北市103承德路二段75巷35號1樓
電話◎（02）25585438 傳真◎（02）25585439
網址◎www.gaeabooks.com.tw
服務信箱◎gaea@gaeabooks.com.tw
投稿信箱◎editor@gaeabooks.com.tw
郵撥帳號◎19769541 戶名：蓋亞文化有限公司
法律顧問／宇達經貿法律事務所
總經銷／聯合發行股份有限公司
地址◎新北市新店區寶橋路二三五巷六弄六號二樓
電話◎（02）29178022 傳真◎（02）29156275
港澳地區／一代匯集
電話◎（852）27838102 傳真◎（852）23960050
地址◎九龍旺角塘尾道64號龍駒企業大廈10樓B&D室
初版十三刷／2021年7月
定價／新台幣 180 元
Printed in Taiwan

ISBN／986-7450-71-X ISBN／978-986-7450-71-5

獵命師傳奇

天命在我・自創一格

——創意命格有獎徵文活動

替獵命師們構想奇命！為自己開創中獎命數！

由於反應熱烈，命格徵文活動將改爲每集固定舉行。我們會在每集《獵命師傳奇》出版前，固定由作者九把刀遴選2～3則投稿，讓你設計的命格在下一集《獵命師傳奇》的世界中登場！

獲選者可獲贈《獵命師傳奇》週邊商品，及九把刀最新作品一本。

■ 注意事項

◎命格投稿請比照書中一貫的描述格式，並塡寫於本回函所附表格

◎請參加讀友留下正確姓名地址，以便發表時註明構想者與贈獎。

◎本活動遴選之命格使用權利歸蓋亞文化有限公司所有。

◎活動及抽獎結果，將於每集《獵命師傳奇》出版時公布於蓋亞讀樂網。

◎本抽獎回函影印無效。

姓名：________ **出生日期：** 年 月 日 **性別：**□男 □女

聯絡電話：________

E-mail：________

地址：□□□ ________

命格名稱：________

命格：________

存活：________

徵兆：________

特質：________

進化：________

關於命格投稿，九把刀會針對讀者的想法創作更完整的設定修改，以符合故事的需要，或九把刀個人愛胡說八道的壞習慣。戰鬥吧！燃燒你的創意！

廣告回信 郵資免付
台北郵局登記證
台北廣字第00675號

TO：蓋亞文化有限公司　收
103 台北市承德路二段75巷35號1樓

GAEA